"유, 유야 오빠아아아······!"

아오이가 목욕 수건을 안 두르고 있었다.
씻고 나온 아오이의 나체가 내 눈앞에 있다.
보동보동한 큰 가슴은, 어렴풋이 남은 수증기에 절묘하게 가려져 있다.
그런데 귀여운 배꼽과 또렷한 몸 선은 다 보였다.

미야마에 신고 [Shingo Miyamae]

아오이의 동급생이자 루미의 남자 친구.
언뜻 보기에는 온화한 분위기의 소년이지만——?

칸베 루미 [Rumi Kanbe]

아오이의 친구로
명랑한 갸루 미소녀 여고생.
유야도 친근하게 대한다.

아마에 유야 [Yuya Amae]

3년 차 직장인인
피곤에 찌든 회사원 주인공.
동거 중인 아오이와
깨끗하고 바르게 사귀는 중.

시라토리 아오이 [Aoi Shiratori]

유야의 신부를 지망하는 미소녀 여고생.
남에게 의지하는 게 약간 서툶.
정식으로 남자 친구가 된 유야를
보살피는 게 취미.

"오빠는 가끔 밝혀요. 떽, 할 거예요?"

……아오이가 입은 소악마 메이드복은 단적으로 말해서 야하다.

치마와 무릎 양말의 사이로 드러난 흰 허벅지.

게다가 덤으로 가터벨트까지.

이 조합은 남자의 이성을 어지럽히는 반칙 콤보다.

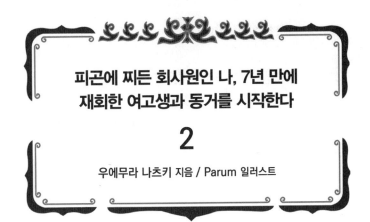

피곤에 찌든 회사원인 나, 7년 만에
재회한 여고생과 동거를 시작한다

2

우에무라 나츠키 지음 / Parum 일러스트

권두 그림 및 본문 삽화 Parum

Contents

Kutabire Salaryman na Ore,

7nenburi ni Saikai shita Bishojo JK to

Dosei wo Hajimeru

사원 여행에서 돌아오고 며칠이 지났다.

여행을 다녀온 이후, 아오이가 사양하는 빈도가 줄었다. 본인이 원하는 것을 말할 줄 알고 응석도 자주 부리게 된 것 같다.

예를 들어 어젯밤에는.

나는 아오이와 함께 집에서 편하게 쉬고 있었다.

학교에서 있었던 일을 즐겁게 이야기하는 아오이를 보니, 나도 절로 얼굴에 미소가 떠오른다. 나는 시간이 어떻게 지나가는지도 모르고 아오이와 수다를 떨었다.

정신없이 얘기하다 보니 시각은 어느덧 밤 10시. 다음 날도 출근해야 하기에 그만 자야 한다.

침실로 가려는데 아오이가 내 옷자락을 당겼다.

의아해서 왜 그러냐고 물으니,

"5분만 더, 얘기하지 않을래요? 그, ……좀 더 같이 있고 싶어요."

아오이가 수줍어하며 그렇게 말했다.

잠옷 차림을 한 연하의 약혼자가 사랑스럽게 조르는데 거절할 수 있는 남자가 있을까. 한심하게도 나는 무리였다. 그리하여 즐거운 수다 시간이 그대로 연장전으로 돌입하였다.

결국, 그 뒤로 30분 정도 같이 얘기했다. 아오이가 '5분만 더'라며 몇 번을 졸랐기 때문이다.

응석 부리는 건 기쁜데…… 나는 매일 난감하다.

11월 하순. 어느 일요일 저녁.

앞치마를 입은 아오이가 득의양양하게 자신감에 차 부엌에 섰다. 그 옆에 있는 나도 앞치마를 걸치고 있다.

"유야 오빠. 손 씻었죠?"

"네, 아오이 선생님. 빡빡 닦았습니다."

"좋아요."

고개를 작게 끄덕이고는 웃는 아오이. 오늘은 평소보다 한층 더 기분이 좋다.

내가 아오이를 '선생님'이라고 부른 데는 이유가 있다. 지금부터 카레를 만드는 방법을 배우기 때문이다.

나는 이제까지 거의 밥을 차려 먹으며 살지 않았다. 최근, 조금씩 요리를 하게 되었지만, 아오이의 요리 솜씨에는 한참 못 미친다. 오늘은 아오이에게 여러 가지 가르침을 받아서 요리 스킬을 향상하는 게 목표이다.

"유야 오빠. 앞치마, 잘 어울려요."

"그래? 아직은 앞치마가 좀 어색한 감이 없잖아 있는데……."

"후후. 정장 입은 모습이랑 비교하면 좀 낯설기는 해요. ……아. 끈이 꼬였어요."

아오이가 내가 걸친 앞치마의 어깨끈으로 손을 뻗었다.

꼬인 끈을 살며시 풀더니, 못 말린다는 듯이 '후우' 한숨을 쉰다.

"오빠도 참. 안 꼬이게 잘 묶었어야죠."

"면목 없어……."

"하여간. 오빠는 제가 옆에 없으면 안 된다니까요."

아오이가 뾰로통하게 반만 뜬 눈으로 나를 흘겨본다.

자기가 옆에 없으면 안 된다니……. 자각하고 하는 말 같지는 않지만, 이미 아내의 위치에서 말하고 있다.

"뭐, 약혼했으니까 장래에는 그렇게 되겠지만……."

"무슨 얘기예요?"

"아니야. 그냥 혼잣말."

"그래요. 무슨 말인지는 모르겠지만……. 그나저나 왜 갑자기 같이 요리하자고 한 거예요?"

"아아. 그게 말이지……."

"설마 집안일 부담을 덜어 주려고 요리를 배우겠다…… 이런 생각 하는 거 아니에요?"

물론 그런 이유도 있다.

아오이는 학업과 가사를 병행하고 있다. 나도 일과 가사를 같이 하면서 조금이라도 아오이를 편하게 해 주고 싶은 건 당연한 일이다.

하지만 한 가지 더, 중요한 이유가 있다.

"뭐라고 해야 하나. 내가 아오이의 요리를 먹고 행복한 기분이 드는 것처럼, 내가 한 요리로 아오이도 행복하게 해 주고 싶어서."

좀 부끄럽긴 해도 이게 진짜 이유다. 아오이가 기뻐할 만한 일은 무엇이든 해 주고 싶다고 생각하니까.

아오이가 수줍어하며 앞치마 자락을 조물조물하기 시작한다.

"왜 그래? 내가 이상한 말이라도 했어?"

"……갑자기 그런 말 하는 거, 반칙이에요."

"반칙이라니. 그러면 언제 하면 좋겠어?"

"몰라요. 바보."

아오이가 얼굴을 빨갛게 물들이며 고개를 획 돌렸다. 쑥스러움을 감추기 위한 '바보'를 발동하였으므로 화가 난 것은 아니리라고 생각한다.

"그래서 요리를 배우고 싶어. 오늘 잘 부탁해, 아오이 선생님."

"정말……. 하는 수 없죠. 엄격하게 가르칠 거예요? 저, 귀신 교관이거든요."

"귀신 교관?! 사, 살살 부탁할게……."

"후후, 농담이에요. 그럼, 첫 단계로 카레에 들어갈 재료를 준비할까요."

아오이의 지시를 따라서 소고기와 양파, 감자 등 필요한 재료를 준비했다.

"오빠. 감자를 썰어 보세요. 먼저 껍질부터 벗기고요."

"응, 알겠어."

감자 칼로 감자 껍질을 벗긴다.

아오이가 말하기를, 식칼을 다루는 데 자신이 없으면 감자 칼로 껍질을 벗기는 게 더 빨리 안전하게 벗길 수 있다고 한다. 이 감자 칼은 감자의 씨눈도 도려낼 수 있는 '귀'도 있어서 편리하다.

"다음은 대강 써세요……. 먹기 좋은 크기로요. 식칼 다룰 때는 조심해야 해요."

"알겠어. 해 볼게."

식칼을 쥐고 다른 한 손으로 감자를 눌러 고정한다. 당연한 거지만, 아오이에 비하면 매우 어설프다.

"식칼, 이렇게 쓰는 거 맞아?"

"음. 좀 위태위태하네요. 손가락을 베면 큰일이에요."

"말투가 우리 엄마랑 똑같아."

내가 농담하는 사이에 아오이가 내 등 뒤로 이동했다.

그리고 나를 껴안듯이 꼭 붙어서 몸을 맞댄다.

"어……. 아오이?"

"위험하니까 움직이지 말아요."

간지러워서 반사적으로 몸을 떨었다. 등으로 느껴지는 부드러운 가슴이 강제로 심박수를 상승시킨다.

갑자기 왜 이러지? 칼 쓰고 있을 때 응석 부리면 난감한데.

"오빠가 모르는 거……. 제가 몸으로 가르쳐 줄게요."

"자, 잠깐, 뭘 가르쳐 주려고?!"

당황해서 뒤도니, 아오이가 놀란 표정을 짓고 있다.

"네? 뭐긴요, 요리죠."

"아……. 식칼 다루는 법을 하나부터 열까지 알려 준다는 의미지?"

"그 외에 또 뭐가 있나요?"

아오이가 '후후. 오빠, 오늘 좀 이상해요'라며 웃는다.

이상한 건 너야. 헷갈리는 말투는 삼가 주라.

안도한 직후, 식칼을 쥔 내 손을 아오이가 잡는다.

"잘 보세요. 감자는 이렇게 써는 거예요……. 그렇죠. 아주 잘했어요. 기특해요, 유야 오빠."

"익. 애 취급 하고 있네?"

"후훗. 평소 저를 애 취급 하는 데 대한 복수예요."

서로 장난치면서 필요한 재료를 썬다.

아오이와 이렇게 함께 요리하니, 엄청나게 즐겁다. 지난번에 혼자서 돼지고기 생강구이를 만들었을 때도 나쁘지는 않았지만, 둘이 같이 하니까 행복한 정도가 차원이 다르다.

이렇게 달라붙어서 요리하니, 왠지…….

"왠지 집에서 데이트하는 것 같다."

느낀 것을 그대로 전하니, 아오이의 손이 멈추었다.

"집 데이트……요?"

"응. 우리는 같이 살기부터 했잖아. 그래서 집 데이트라는 개념이 남들보다는 없지 않나 싶어서. 이러니까 신선하고 좋지 않아?"

"그러네요. 집 데이트, 좋아질 것 같아요."

그렇게 중얼거리고는 내게서 떨어지는 아오이.

왜 그러나 해서 칼을 놓고 아오이 쪽으로 몸을 틀었다.

"아오이? 왜 그래?"

"그……. 부탁이 있는데요."

아오이가 가슴께에서 양손의 손가락을 콕콕 대면서 나를 올려다본다. 평소에는 마시멜로 같은 하얀 뺨이 사과처럼 발갛게 물들었다.

"……반대로도, 해 보고 싶어요."

"응?"

"남자 친구에게 배우는 버전도 해 보고 싶어요……. 안 될까요?"

요컨대 서로 선 위치를 바꿔 보자는 건가……?

나는 요리 초보다. 집안일 스킬 MAX인 아오이에게 가르칠 만한 게 아무것도 없다.

그렇다는 건 아오이는 그저 '집 데이트 상황'을 즐기고 싶은 것뿐이리라.

"저기……. 역시 너무 애 같나요?"

"그렇지 않아. 나는 아오이를, 한 여자로 보고 있다고 전에도 그랬잖아."

"……고마워요."

아오이가 부끄러워하면서 고맙다고 인사한다.

"유치하다는 자각은 있어요. 하지만 오빠와 있을 때는 마음이 편해서 저도 모르게 응석 부리게 돼요."

"그, 그렇구나……."

아오이는 딱히 부끄러워하는 기색 없이 그렇게 말했다. 이제는 거의 버릇이나 다름없는 무자각 응석이다.

아오이의 등 뒤에 서서 살포시 몸을 기대 밀착한다. 아오이의 체온이 전해져서 어쩐지 진정이 되질 않는다.

"오빠……. 부끄러워요."

"그러게. 그만할까?"

"이익. 그만하면 삐질 거예요. 짓궂은 말 하지 말아요……. 바보."

신혼부부도 깜짝 놀랄 애교다. 귀신 교관이라는 설정은 이미 까맣게 잊은 모양이다.

아오이는 지금, 어떤 얼굴을 하고 있을까.

궁금해진 나는 아오이의 얼굴을 들여다봤다.

"저기……. 오빠?"

"요리, 안 가르쳐 줘도 되니까 얘기하면서 조리할까 해서."

"그렇다고 이렇게 얼굴을 가까이할 필요는 없잖아요……!"

새빨개진 아오이가 '으으' 신음하면서 나를 살짝 밀어냈다.

"……제가 졌어요. 봐주세요."

"언제 승부가 됐어?"

"몰라요. 바보."

어깨를 두드리며 귀여운 목소리를 냈다.

수줍어하는 모습이 재미있어서 나도 모르게 웃고 만다.

"아하하. 아오이는 쑥스러움을 전혀 못 감추는구나."

"정말! 됐으니까 요리나 계속해요!"

골이 난 아오이를 어르면서 다시 카레를 만든다. 아오이에 배워 가면서 당근 등의 재료를 썬다.

"오빠. 냄비에 샐러드유를 치고 재료를 넣어요. 고기가 노릇하게 익고 양파가 부드러워질 때까지 볶아야 해요."

"알겠어. 카레 루는 마지막에 넣는 거야?"

"네. 다음은 물을 붓고 끓여서 거품을 걷어 내야 해요. 루는 그다음에 넣을 거예요."

"알았어."

아오이의 지시대로 척척 요리를 진행한다.

카레 루가 다 녹으니 자극적인 향신료 향기가 증기를 타고 피어올랐다.

"한번 맛볼까요?"

아오이가 숟갈을 꺼내 카레를 뜨더니 그대로 내 입가로 가져온다.

"'아' 해요."

"어? 왜 갑자기 응석을……."

"……싫어요?"

시무룩해진 아오이. 눈썹이 처지고 뾰로통한 표정을 짓고 있다.

치사하다. 그런 얼굴을 하면 싫다고 못 하잖아.

당황스러워하니, 아오이가 물러나지 않고 다시 숟갈을 가까이 가져왔다.

"오빠. 자요, '아'."

"아, 아~."

덥석, 숟갈을 문다.

입 안에서 진한 카레 맛이 퍼졌다. 한 박자 두고 향신료의 자극적인 매콤함도 온다.

"맛이 어때요?"

"응. 엄청나게 맛있어."

"휴……. 다행이네요, 오빠. 합격이에요."

아오이가 부드러운 미소를 지으며 한 손으로 동그라미를 만들어 보였다.

"아오이가 잘 가르쳐 줘서 그래."

"아니에요. 애초에 카레는 그렇게 어렵지 않아요."

"그렇다고 해도 잘 가르친 건 맞아. 역시 선생님."

"치, 칭찬이 과해요. 바보."

"아하하. 아오이도 한번 먹어 봐. 정말 맛있어."

그렇게 제안하니, 아오이가 들고 있던 숟갈을 내게 내밀었다. 그러고는 딴 쪽을 보면서 가만히 있다.

"아오이?"

"흥, 이에요."

"어……. 혹시, 먹여 줬으면 좋겠어?"

"……네. 부탁해요."

아오이가 수줍어하며 웃었다. 아무래도 집 데이트는 계속되는 모양이다.

숟갈을 들고 아오이의 입가로 카레를 가져가다가 문득 생각한다.

……이거 간접 키스 맞지.

물론 나야 간접 키스쯤으로 설레거나 할 나이가 아니다.

하지만 순수한 아오이는 그렇지 않을 것이다. 혹시, 알고 있을까.

아오이와 눈이 딱 마주친다. 아오이가 의아해하며 고개를 갸우뚱했다.

"오빠. 왜 그래요?"

"아, 아니. 딴 숟갈로 바꿀까?"

괜한 걱정인가 생각하면서도 물어보았다.

그제야 아오이가 내 배려를 알아차렸는지 얼굴이 단숨에 빨개진다.

"가, 간접 키스 정도는 괜찮거든요!"

눈을 꼭 감고 숟갈을 덥석 무는 아오이. 그대로 숟갈에서 얼굴을 떨어트리고 카레를 꿀꺽 삼킨다.

아오이가 두 손으로 얼굴을 감싸며 '으' 하고 신음한다.

"어때? 맛있어?"

"……부끄러워서 맛을 모르겠어요."

가냘픈 목소리로 그렇게 답하며 쭈그려 앉고 만다.

아오이가 점점 사양하지 않는다. 본인이 하고 싶은 것을 말하고 응석 부리는 일도 많다.

그것은 아주 기쁜 변화로, 우리의 관계가 양호한 증거이기도 하다.

귀엽고, 챙겨 주기를 잘하고, 그렇지만 살짝 외로움을 타는 응석꾸러기. 그런 근사한 아오이와 이렇게 행복한 생활을 보내고 있다.

어쩌면, 이런 건 배부른 고민 아닐까.

연하의 약혼자가, 너무 사랑스러워서 곤란하다.

"아하하……. 괜찮아?"

머리로 온갖 주접을 떨면서 그렇게 물었다.

◆

그날 저녁을 먹고 난 뒤의 일이다.

카레를 다 먹고 잠시 담소를 나눈 후, 나는 자리에서 일어섰다.

"설거지는 내가 할게. 아오이는 쉬고 있어. 알았지?"

"네? 하지만……."

"평일은 공부도 하고 집안일까지 하느라 바쁘잖아. 휴일 정도는 느긋하게 쉬어. 항상 고마워."

"아이참……. 이런 점이에요. 유야 오빠 바보."

"여기서 왜 바보가 나오지."

"후후. 모르면 됐어요."

아오이가 즐거워하며 웃었다.

쑥스러움을 감출 때 쓰는 '바보'가 아닌 것 같은데……. 뭐, 기뻐하니까 됐나.

"오빠. 그럼 사양하지 않아도 돼요?"

"응. 먼저 씻고 쉬고 있어."

"네. 고마워요."

그렇게 말하고 아오이가 갈아입을 옷을 들고 욕실로 들어갔다.

"자, 설거지하기 전에."

주머니에서 휴대폰을 꺼내서 연락처 애플리케이션을 켠다. 아오이의 모친인 료코 아줌마의 연락처를 열고 통화 버튼을 누른다.

아오이와 함께 살기 시작하고부터 료코 아줌마께는 정기적으로 연락을 드리고 있다. 나와 아오이의 근황 보고를 위해서다.

현재, 료코 아줌마는 오스트레일리아에서 장기 출장 중이시다. 일본과의 시차는 약 한 시간. 딱히 시간대를 신경 쓰지 않고 전화할 수 있는 건 굉장히 다행이다.

통화 연결음이 몇 번 울리고 아줌마의 활기찬 목소리가 들렸다.

「여보세요. 유야, 잘 지내지~?」

"네. 저도, 아오이도 잘 지내요. 아줌마는 어떠세요?"

「너무 잘 지내서 탈이지. 아오이랑 어제 전화했을 때, 유야 목소리를 못 들어서 아쉬웠는데 기쁘네. 아오이는 지금 뭐 해?」

"씻어요."

「어머나. 같이 안 씻어도 되니?」

"어떻게 같이 씻어요!"

료코 아줌마께는 우리 사이를 이미 알렸다. 아무리 그렇다고 해도 딸과 같이 씻으라고 하는 건 좀 이상하잖아.

「너희 이미 약혼했잖아. 그러면 같이 씻으면서 좀 그렇고 그래도 되지, 뭘 그래. 부모 공인 사이인걸. 엄청난 기회라고!」

"기회는 무슨 기회예요! 당연히 안 되죠!"

나도 남자다. 욕실에서 조금 전처럼 조르기라도 해 봐. 이성이 흔들릴지도 모른다고.

"저는 아오이를 소중하게 생각해요. 적어도 아오이가 학생일 때는 손대지 않을 겁니다."

「……그렇구나. 후후, 유야답네.」

휴대폰 너머로 들리는 목소리는 조금 전까지 놀리던 목소리가 아니다. 다정한 어머니의 목소리다.

「유야가 그렇게 진중하고 성실한 성격이어서 내가 안심하고 아오이를 맡길 수 있었어. 역시 내 안목은 틀리지 않았다니까.」

안심하고 아오이를 맡겼다.

그 말이 마음을 묵직하게 누른다.

료코 아줌마에게 아오이는 소중한 외동딸이다. 아무리 일이 바빠도 최대한 아오이 옆에서 애정을 잔뜩 쏟으며 아오이를 키웠다.

그런 귀여운 딸을 맡길 정도로 믿어 주는데 그 마음을 배신할 수는 없다. 앞으로도 순결하게 사귀어 나가야 한다.

「유야. 아오이, 잘 부탁해.」

"아, 네! 둘이서 꼭 행복해질게요!"

「어머, 어머. 뜨거워라, 우후후.」

료코 아줌마의 웃음소리는 평상시에 나를 놀릴 때 목소리로 돌아와 있었다. 진지한 대화를 마치니 긴장이 확 풀린다.

「그러니까 우선은 욕조에서 같이 행복하게——.」

"안 들어간다니까요?!"

「약혼하면 미성년자여도 성인의 관계로 봐야지. 아줌마가 응원할게!」

료코 아줌마의 '흥, 흥' 하는 거친 숨소리가 들린다.

순결한 교제를 하기로 마음속으로 맹세한 순간에 유혹의 손길을 뻗치는 거, 삼가 주세요. 상대는 아줌마의 딸이라고요?

그 후, 놀림을 당하면서도 근황 보고를 하고 전화를 끊었다.

"하여간. 아줌마한테는 못 당해 내겠어…….."

자. 아오이가 씻고 나오기 전에 설거지를 끝내 놓을까.

식기를 닦으며 조금 전의 통화 내용을 곱씹는다.

만약 나와 아오이가 '성인의 관계'가 되면 아줌마의 신뢰를 배신하는 게 된다. 그건 절대로 있어서는 안 될 일이다.

둘이 같이 씻으라고 한 것은 료코 아줌마 나름대로 던지는 농담이다. 절대 진지하게 받아들이면 안 된다. 더욱이 상대는 고등학생이므로 부모의 마음 이전에 윤리적으로 아웃이지만.

"……아오이는 가끔 과하게 어리광을 부리니까."

거기다 남자에게 그런 마음이 들게 하는 오해할 법한 발언을 자각도 없이 할 때도 있다. 그쪽 방향으로 오는 유혹은 전부 쳐내고 어른스럽게 대응해야 한다.

그릇을 정리하고 얼마 전에 산 소파에 앉았다. TV 리모컨을 손에 들고 전원 버튼을 누른다.

바로 그때였다.

"꺄아아아아아악!"

욕실에서 비명이 들렸다.

"아오이?!"

무, 무슨 일이지?

저렇게 큰 소리를 지르다니 보통 일이 아닐 거야.

자리에서 황급히 일어나 리모컨을 던지고 욕실 앞까지 간다.

문을 힘차게 두드린다.

쿵, 쿵, 쿵!

아오이도 노크 소리를 들을 것이다.

"아오이! 무슨 일이야!"

"유, 유야 오빠아아아……!"

연약한 목소리가 돌아와 더 초조해진다.

아오이한테 무슨 일이 생긴 건가?

어쩌면 미끄러져서 넘어졌을지도 몰라……. 다치기라도 했으면 큰일이야. 빨리 구해야 해!

"들어갈게!"

욕실 문을 확 열어젖힌다.

안에는 수증기가 옅게 끼어 있었다.

아오이가 세탁기 옆에서 부들부들 떨고 있다. 무슨 일이 있었는지는 모르겠지만, 어지간히 무서운 일을 겪은 모양이다.

"아오이! 대체 무슨 일이야?! 안 다쳤어?!"

"바, 바, 바, 바, 바……!"

"다치지는 않은 것 같네……. 진정해. 왜 비명 질렀는지 얘기해 줄래?"

"바, 바퀴가아아아아……!"

"바퀴……? 어?"

몸을 떠는 아오이가 손으로 가리킨 방향으로 시선을 돌리니 바닥에 검게 빛나는 물체가 있었다.

욕실 안쪽으로 들어가 가까이 다가간다.

이건…… 어느 모로 보나 바퀴벌레가 아니다.

나는 그 검은 걸 주워서 아오이에게 보여 주었다.

"이거, 검은색 플라스틱 파편이야. 바퀴벌레 아니야."

"……네?"

그를 본 아오이가 마음이 놓였는지 한숨을 내쉬었다.

"다, 다행이다아아아……. 무서워 죽는 줄 알았어요."

"아하하. 덤벙이구나, 아오이는."

"익. 놀리지 마요. 진짜 조마조마했단 말이에요."

"아하하, 미안……. 윽!"

나는 평온하게 얘기하다가 순식간에 얼굴이 뜨거워졌다.

조금 전까지는 정신이 없어서 몰랐는데…… 진정이 된 지금은 눈앞에서 새로운 사건이 벌어져 있었다.

아오이가 목욕 수건을 안 두르고 있었다.

씻고 나온 아오이의 나체가 내 눈앞에 있다.

보동보동한 큰 가슴은, 어렴풋이 남은 수증기에 절묘하게 가려져 있다. 그런데 귀여운 배꼽과 또렷한 몸 선은 다 보였다.

시선이 젖은 배에서 미끄러지듯 아래로, 뭘 찬찬히 관찰하고 있는 거야, 나는!

"오빠? 왜 그래…… 힉!"

펑 소리가 나면서 아오이의 얼굴이 새빨갛게 물든다.

"저, 저, 저, 아무것도 안 입고……. 웃!"

"미안!"

잽싸게 뒤로 돌아 욕실을 나왔다.

소파에 앉는다. 심호흡해도, 구구단을 외도, 머릿속에 남은 아오이의 알몸을 잊을 수가 없다.

문 안쪽에서 드라이어 소리가 들린다. 아오이가 머리를 말리는 중이다.

갑자기 조금 전의 통화 내용이 떠오른다.

"이런데 같이 어떻게 씻어어어어……!"

적어도 목욕 수건을 두르고 있었다면 이렇게 심란하지 않았을지도 모른다.

지금쯤 아오이도 창피해서 몸부림치고 있을까.

……그런 생각을 하는데 아오이가 잠옷을 입고 가까이 왔다.

씻고 나와서 그런 걸까, 아니면 알몸을 보여 창피해서 그런 걸까. 확신은 없지만, 볼에 불그스레 홍조가 얹혔다.

아오이가 내 옆에 앉았다. 샴푸 향기가 확 풍긴다.

"오빠. 저 다 씻었어요."

"응. 그, 방금은 미안했어."

"무슨, 아니에요. 도와줘서 고마웠어요."

"그, 그렇지만 다 봐 버렸잖아······!"

"이, 잊어요! 바보!"

아오이가 내 어깨를 투닥투닥 때렸다.

잊으라니, 그건 불가능해······. 아니. 쓸데없는 말은 하지 말자. 뚫어지게 쳐다본 내가 압도적으로 잘못했다.

"아오이, 정말 미안해."

"마음 쓰지 마요. 사고였어요. 누가 더 잘못하고 그런 거 없어요."

"그렇게 말해 줘서 고마워."

"······하지만."

아오이가 내 팔을 살짝 껴안고 올려다본다. 부드러운 가슴의 감촉과 목욕해서 올라간 체온이 전해져 심장이 두근한다.

"······너무 보긴 했죠. 밝히면 못써요."

연하 약혼자에게 귀엽게 혼났다.

혼나는데도 나도 모르게 얼굴 근육이 풀려 웃고 만다.

"오빠, 왜 웃어요? 반성 안 하는군요?"

"미안. 아오이가 화내는 게 귀여워서 나도 모르게 그만."

"이익! 또 애 취급 하는 거죠!"

내 팔에 매달리면서 투덜거리는 아오이. 이러는 것도 귀엽지만, 말하면 또 '애 취급 하지 말라니까요?!'라면서 화낼 테니까 관두자.

나는 소파에서 일어났다.

"씻고 올게."

"오빠! 아직 제 얘기 안 끝났어요!"

다람쥐처럼 볼을 부풀린 아오이를 달래면서 나는 욕실로 향했다.

◆

저녁 8시를 조금 지났을 즈음.

씻고 나온 나는 소파에 혼자 앉아 쉬고 있었다.

둘이 느긋하게 있고 싶은 마음도 있지만, 오늘은 내내 아오이와 함께 있었다. 아무리 외로움을 잘 타는 아오이라도 혼자만의 시간이 필요하리라.

그렇게 생각했는데 잠옷 차림의 아오이가 아까부터 내 주변을 맴돈다.

⋯⋯대체 뭘 하는 걸까.

혹시 내게 말을 걸고 싶은데 조심스러운 건가? 그런데 묘하게 안절부절못하는데⋯⋯.

"아오이. 왜 그래?"

"아, 아뇨. 집안일을 안 하면 왠지 진정이 안 되어서요. 뭔가 도울 일 없어요?"

"집안일 중독인 사람 처음 봤어……. 아니, 오늘은 딱히 없어."

"그래요……. 최근에 오빠가 집안일을 돕기 시작하면서 할 일이 없어졌어요. 너무 열심히 해요. 좀 더 한가롭게 시간 때워요."

설마 집안일을 많이 했다고 혼날 줄은 몰랐다. 공동생활 어렵네.

"아오이가 일하는 양에 비하면 내가 하는 집안일은 얼마 되지도 않잖아."

"그렇지 않아요. 오빠는 일하느라 피곤할 텐데, 집에서도 일하고……. 그렇지!"

아오이가 손뼉을 짝 쳤다.

"오빠. 마사지하게 해 주세요."

"마사지?"

"네. 주로 앉아서 일하면 어깨가 뭉치잖아요."

"나는 그렇게 뭉치지는 않았는데. 요즘에 규칙적으로 생활하기도 하고 비교적 건강하거든."

"그렇군요……. 아쉽네요."

아오이가 어깨를 축 내뜨리고 시무룩해한다. 그렇게까지

쳐질 필요는 없잖아.

음. 좀 안쓰러운걸.

"아……. 그런데 어제부터 어깨가 좀 뻐근한 것 같기도 해. 어쩌면 결렸을지도 모르겠네."

"정말요?!"

"마사지, 부탁해도 돼?"

"맡겨만 주세요! 후후, 신난다!"

시무룩해하던 아오이의 표정에 웃음꽃이 핀다.

다행이다. 다시 기운이 난 모양이다.

실은 아오이에게 쓸데없는 부담을 지우고 싶지 않다. 하지만 오히려 풀이 죽게 할 바에는 후의를 기꺼이 받아들이는 게 나으리라.

"당장 마사지해요."

아오이가 소파에 앉은 내 뒤로 이동했다.

아오이의 손이 내 어깨에 닿는다. 긴 머리카락이 스르르 떨어져, 내 뺨을 간질이듯 스쳤다.

"유야 오빠. 오늘 밤은 제가 아주 기분 좋게 해 줄게요."

"뭐?!"

갑자기 불건전하게 말하지 좀 말아 줄래?!

……진정하자. 아오이는 좀 순진할 뿐이야. 불순한 마음은 전혀 없어.

그건 알지만, '제가 아주 기분 좋게'라는 말을 들으면 불가

항력으로 여러모로 상상하게 된다. 슬프지만, 남자의 천성이다.

"그럼, 시작할게요."

꾹, 어깨 주변을 지압한다. 너무 세지도, 약하지도 않은 적절한 세기다.

어깨에서 느껴지는 개운한 저림이 등을 가로지르고 몸 밖으로 빠져나가는 감각. 어깨가 그렇게 뭉친 것 같지 않았는데 엄청나게 시원하다.

나도 모르는 사이에 피로가 쌓였는지도 모른다. ……그건 그렇고 아오이, 어깨 안마 너무 잘하는데?

힐끔 어깨 너머로 뒤를 본다. 아오이가 눈을 꼭 감고 몸을 앞뒤로 흔들면서 힘을 최대한 쥐어짜고 있었다.

"아오이. 그렇게 힘주지 않아도……. 윽!"

탱, 탱.

아오이가 앞뒤로 몸을 흔드는 움직임에 맞춰 풍만한 가슴이 내 머리에서 튀고 있었다. 밀려왔다가 빠져나가는 파도처럼 말랑한 감촉에 둘러싸였다가 해방된다.

"웃차……으응……앗."

거기다 아오이의 입에서 새어 나오는 달콤하게 허덕이는 소리가 귓가에서 속닥거린다. 일부러 이러는 게 아니라 더 무시무시하다.

"오빠, 으……. 왜 그래요? 웃! 귀가 새빨간데…… 으응!"

"어?! 아, 아니! 어깨를 주물러 주니까 체온이 좀 올라서 그런가! 어깨 잘 주무른다!"

다급하게 얼버무리나, 아오이의 움직임이 뚝 멈추었다. 아오이가 어쩐지 쓸쓸한 미소를 짓고 있다.

"어깨 주무르는 거, 잘해요. 어렸을 때, 이런 식으로 엄마 어깨를 주물러 드렸거든요."

"그랬구나. 료코 아줌마와의 추억이네."

"네. 정말 기뻐하셨어요. 옛날 생각 나네요."

"······아줌마 못 봐서 쓸쓸해?"

그렇게 묻자, 아오이가 고개를 좌우로 흔들었다.

"쓸쓸하지 않다고는 못하지만, 자주 통화하니까요. 그리고, 오늘은 유야 오빠가 곁에 있어 줘서 괜찮아요."

슬퍼했던 아오이의 표정이 온화한 미소로 바뀌어 간다.

모자 가정에서 자란 아오이는 어렸을 때 자주 혼자서 집을 지켰다. 나와 놀면서도 료코 아줌마가 보고 싶어서 운 적도 있었지.

······어릴 적부터 외로움도 잘 타고 어리광쟁이였으니까.

자리에서 일어나 아오이의 머리를 살며시 어루만진다.

"이제 쓸쓸함 따위는 못 느끼게 할 거야."

"네?"

"내가 언제나 아오이 곁에 있을 거거든."

"으······!"

아오이의 뺨이 단숨에 벌게진다. 눈을 맞추는 것조차 부끄러운지 고개를 숙여 버렸다. 윗입술로 아랫입술을 숨기고 우물우물하고 있다.

"두, 두 번째 프러포즈 같은 말 하지 말아요. 바보."

"뭐가 그렇게 부끄러워."

"안 부끄럽거든요."

"근데 얼굴은 빨간데?"

"으……. 오빠 오늘 좀 짓궂어요."

아오이가 내 어깨에 머리를 얹고 얼굴을 감추어 버렸다. 새빨개진 귀는 감추지 못한 게 아오이답다.

"……유야 오빠 바보."

오늘 몇 번을 들었는지 알 수 없는 아오이의 '바보'가 발동했다.

쓴웃음을 지으며 아오이가 만족할 때까지 머리를 쓰다듬었다.

◆

그 후, 우리는 소파에 사이좋게 앉아 옛날이야기에 시간 가는 줄 몰랐다.

"아오이, 기억나? 우리 처음 만난 지 얼마 안 됐을 때, 아오이가 만든 진흙 경단이 부서져서 운 거."

"기, 기억 안 나요. 과거를 날조하지 마요."

"나는 확실히 기억해. 울면서 '유야 오빠보다 예쁜 경단을 만들고 싶었는데!'라고 했잖아. 어린 아오이도 귀여웠지."

"아이참, 옛날 일로 놀리는 건 치사해요."

"아하하. 놀리려는 건 아니었어. 미안."

사과하면서 벽에 걸린 시계를 힐끔 본다. 시간은 밤 10시를 지나고 있었다.

"이만 잘까?"

내일은 월요일. 아오이와 좀 더 느긋하게 있고 싶기는 하지만, 일에 지장을 줄 수는 없다.

"그래요. 잘 자요, 오빠. ……아."

띠롱, 전자음이 들렸다. 아오이의 휴대폰 벨 소리이다.

아오이가 휴대폰을 손에 들었다.

휴대폰을 조작하면서 점점 표정이 부드럽게 바뀐다.

"혹시 루미한테 연락 온 거야?"

"네. 저기, 오빠한테 의논할 게 있는데요."

"의논? 뭔데?"

"루미가 '아웃치네 집에서 하룻밤 자면서 놀자!'라고 하는데……. 안 될까요?"

주뼛주뼛 묻는 아오이가 귀여워서 '좋아! 우리 집에 어서 와!'라고 즉답할 뻔했다.

허락해 주고 싶지만…… 문제가 한 가지 있다.

루미가 나와 아오이가 사귀는 건 알고 있다.

　하지만 같이 사는 것까지는 모른다. 자고 가게 되면, 동거하는 건 숨길 수 없으리라.

　실제로 만나서 교류해 봐서 안다. 루미는 친구를 아끼는 좋은 아이다. '아오이가 회사원과 동거한다'라고 말하고 다니는 짓은 하지 않을 것이다. 하지만 리스크가 있는 것도 사실이다.

　아오이도 기대하는 것 같으니⋯⋯. 음. 괜찮으려나?

　생각을 좀 하는데 아오이가 내 잠옷 자락을 꾹 당겨 나를 올려다본다.

　"오빠. 혹시 동거하는 거 들킬까 봐 그래요? 걱정하지 마요. 루미는 남의 비밀을 함부로 말하는 사람이 아니에요."

　"응. 나도 그렇게 생각해. 루미는 친구를 생각하는 좋은 애니까."

　"그리고⋯⋯ 저는, 루미한테는 알려져도 괜찮아요."

　"무슨 뜻이야?"

　"그게⋯⋯. 오빠와 함께 사는 거, 자랑하고 싶어서요."

　"어?"

　"루, 루미가 나쁜 거예요! 남자 친구와 알콩달콩한 모습을 저 보라는 듯이⋯⋯. 우리도 알콩달콩한데. 치사해요."

　즉, 루미한테 '나와 유야 오빠는 이렇게나 러브러브 해요!'라고 자랑하고 싶다⋯⋯. 그런 의미니?

나도 모르게 양손으로 얼굴을 감싸고 말았다.

뭐야, 그 유치한 경쟁심은. 자랑할 의욕이 넘치잖아.

"오빠. 뭐 해요?"

"아무것도 아니야……. 알겠어. 놀고 자고 가도 돼."

"정말요?!"

"응. 근데 루미만 불러야 한다? 그리고 동거 얘기도 루미한테만 해야 해. 알겠지?"

"네! 고마워요!"

허락해 주자, 아오이가 기뻐하면서 휴대폰을 만지작거렸다. 루미에게 바로 답장하는 것이리라.

답장을 한 아오이가 자리에서 일어섰다.

"후후. 저와 오빠가 같이 산다는 걸 알면, 루미가 부러워할지도 몰라요."

티를 낸다는 자각이 없는지 무구하게 웃고 있다. '잘 자요'라는 말을 남기고 자기 방으로 들어갔다.

나는 소파 등받이에 기대 천장을 올려다보았다.

그리고 한마디 한다.

"……아니, 너무 귀엽잖아."

안 되겠다. 집에 단둘이 있으면, 뭘 어떻게 해도 주접을 떨게 된다. 혹시 나는 응석을 부리는 데 약한가?

……적어도 밖에서는 어른스럽게 행동해야지.

마음속으로 그렇게 다짐하면서 내 방으로 들어갔다.

◆

루미가 자고 가도 된다고 허락한 다음 날 일이다.

퇴근한 나는 아오이가 기다리는 202호로 귀가했다.

"아오이, 다녀왔어."

이름을 부르자, 안쪽에서 허겁지겁하는 발소리가 들린다.

종종걸음으로 현관으로 온 아오이는 웃고 있었다.

"어서 와요, 오빠. 고생했어요."

그렇게 말하며 내 가방을 들어 준다. 완전히 새색시 다 됐다.

"아오이도 수고했어. 오늘 저녁은 뭐야?"

"후후. 오빠는 항상 퇴근하고 집에 오면 가장 먼저 하는 소리가 그거네요."

"내게 저녁밥은 가장 큰 낙이니까."

"그렇게 말해 주니 저도 기뻐요. 참고로 오늘은 고기 감자조림이에요."

"오, 좋다! 아오이표 고기 감자조림 진짜 좋아!"

"쿡쿡. 어린애 같아서 귀여워요."

평소와 입장이 역전되어 어린애 취급을 받고 말았다. 고기 감자조림 때문에 기분 좀 업되면 어때서. 맛있단 말이다.

배가 너무 고파서 저녁을 먼저 먹기로 했다.

밥을 먹는데 아오이가 루미한테 동거 얘기를 했다고 말했다.

루미는 딱히 딴지를 걸지 않고 아오이의 이야기를 들어주었다고 한다. 루미가 이해심 있는 착한 아이라 정말 다행이다.

……한편, 아오이는 '루미가 엄청나게 부러워했어요'라며 뿌듯해한다. 못 말려. 듣는 내가 다 부끄러웠어…….

잠시 후, 아오이의 휴대폰이 울렸다.

"아. 루미네요……. 언제 자고 갈지 날짜를 정하고 싶대요."

"언제로 할래?"

"근시일 내로는 다음 주 토요일이 좋대요. 괜찮아요?"

"응. 나는 그날로 해도 상관없어."

"알겠어요. 그러면 루미한테 그렇게 답장할게요. 자고 가는 거, 기대돼요."

"그렇구나. 잘됐네……."

그때 한 가지 의문이 생긴다.

루미가 와서 자고 가는 날, 나는 뭘 하면 좋지?

여고생 둘이 노는데 옆에 아저씨가 있으면 방해될 거다.

그날은 방에 처박혀 있을까……. 아니지. 방에 있어도 아오이와 루미가 신경 쓰일지도 모른다.

"아오이. 내가 있으면 불편할 테니까 낮에는 외출할게."

"안 돼요. 루미가 실망해요."

"응?"

내가 외출하면 루미가 왜 실망하지?

의아해하는데 아오이가 휴대폰을 보여 주었다.

"루미한테 온 문자, 읽어 봐요."

"문자?"

나는 아오이의 휴대폰을 들여다보았다.

「신난다! 나하고, 아옷치하고, 유야 오빠! 셋이 사이좋게 영화 보고! 그리고 밤에는 셋이 잠옷 파티를 하는 거야! 여자들끼리 모이면 역시 이거지!」

"잠옷 파티……?"

영화 정도는 이해가 간다.

그런데 잠옷 파티는 도저히 이해가 안 간다. 나더러 여고생과 왁자지껄 떠드는 잠옷 차림의 아저씨가 되라고? 애초에 따로 잘 거거든?

애초에 마지막 줄에는 '여자들끼리 모이면'이라고 하고 있다. 아무래도 나는 여자로 치는 모양이다. 되도록 남자로 취급해 주면 좋겠는데…….

"난 잠옷 파티는 좀 사양하고 싶네. 밤에 침실에서 잠옷을 입은 여자애 두 명과 시간을 보내는 건 좋지 못하다고 생각해."

"듣고 보니, 그러네요……. 그러면 제가 루미한테 그렇게 전할게요. 영화는 오빠도 같이 봐 줄 거죠?"

"상관은 없는데 내가 있으면 민폐 아니야?"

"무슨……. 그럴 리가 없잖아요!"

그렇게 말하며 아오이가 자리에서 일어나 얼굴을 바짝 갖다 대었다. 나는 기에 눌려 나도 모르게 뒤로 몸을 젖혔다.

아오이가 이렇게까지 언성을 높이는 건 드문 일이다.

나는 놀란 채, 진지한 표정의 아오이를 바라보았다.

"오빠는 제 약혼자예요. 오빠가 함께 있다고 방해가 될 만한 상황은 전혀 없어요. 루미도 기대하고 있다고요."

"아오이……."

"민폐라니……. 그런 슬픈 말, 하면 안 돼요."

아오이의 말이 가슴을 따끔따끔 지른다.

……반성하자.

민폐니 어쩌니 독단으로 판단할 일이 아니다. 아오이에게 의논했어야 했다.

나는 불안해하는 아오이를 보고 미소 지었다.

"알겠어. 셋이 사이좋게 영화 보자."

"유야 오빠……!"

"함부로 넘겨짚어서 미안해. 아오이 생각을 들은 다음에 판단했어야 했어."

"후후. 괜찮아요. 이번에는 용서해 줄게요."

아오이가 '흥흥~♪' 콧노래를 부르면서 루미에게 답장한다. 자고 가는 게 그렇게 기대되나.

제 나이에 맞게 들뜬 아오이를 보니, 흐뭇해진다.

그리고 그와 동시에 새로운 불안이 머릿속에 떠올랐다.

……여고생을 어떻게 대접해야 하는지 모른다.

아오이와 재회한 날은 아오이의 취향을 알고 있었으니 헤매는 일 없이 홍차와 쿠키를 준비할 수 있었다.

하지만 이번에는 상황이 다르다.

루미가 어떤 성격인지는 알아도 취향까지는 모른다. 어떻게 해야 기뻐할지 이미지가 안 잡힌다.

문제는 그뿐만이 아니다.

당일에는 여고생 둘과 내내 함께 지내야 한다. 그 사이에 낀 아저씨는 대체 뭘 하면 좋단 말인가?

평소대로 하면 되나?

하지만 나는 집주인이다. 뭐라도 대접하지 않으면 안 된다고.

아오이도 루미도 기대하고 있다. 어른으로서 실망하게 할 수는 없다.

"아오이. 그날, 꼭 성공하자."

"성공……? 무슨 말인지는 잘 모르겠지만, 기대되네요."

아오이의 천진난만한 미소가 눈이 부시다.

결심했다.

루미가 '또 오고 싶다'라고 생각하게끔 성심성의껏 대접하자.

기분이 좋은 아오이를 보며 그렇게 생각했다.

제2장 여고생과 숙박 모임

루미가 놀러 오기로 한 날짜가 정해지고 며칠이 지나 11월을 맞이했다. 크리스마스 시즌이 돌아왔다.

거리는 일루미네이션으로 알록달록 물들고, 다들 기분이 들뜨는 이 계절. 평소와는 다른 분위기가 나는 거리를 걷고 있으니, '벌써 1년이 끝나 간다'라는 실감이 난다.

그렇지만 회사 풍경은 변함이 없다.

연말이 바쁜 회사도 있겠지만, SE라는 업종은 바쁜 시기가 정해져 있지 않다. 작업량과 진척 상황에 따라 바쁘고 안 바쁘고가 정해지기 때문이다. 연말이더라도 별일이 없으면 다를 바 없이 돌아간다.

그래서 나도 여느 때와 마찬가지로 일하고 있었다.

자리에서 일어나 프로그래머인 이이즈카 씨에게 말을 건다.

"이이즈카 씨. 일전에 말씀드린 건 말인데요, 상세 설계를 마쳐서 조금 전에 메일로 보냈습니다. 내일이라도 회의해요."

"알겠어~. 이따가 확인할게."

이이즈카 씨가 뒤돌아 한쪽 눈을 감고 윙크했다. 나보다

나이가 많지만, 장난기 있는 귀여운 사람이다.

"그런데 유야. 무슨 고민이라도 있어?"

"네? 왜요?"

"요즘 목소리 톤이 좀 어두운 것 같아서. 이 누님이, 그런 거 잘 캐치하거든."

이이즈카 씨가 '으하하' 호쾌하게 웃었다.

고민거리라면 있다. 얼마 전에 결정 난 숙박 건 말이다.

남자인 내게 여자 모임의 계획을 짜는 건 어려운 문제였다. 여러모로 고민해 봤지만, 아직 백지다.

어떻게 대접해야 아오이도 루미도 기뻐해 줄까.

……그렇지. 이이즈카 씨에게 의논해 볼까. 남자인 나보다도 같은 여자인 이이즈카 씨가 좋은 아이디어를 낼 수 있을지도 모른다.

"실은 다음 주에 저희 집에 아오이가 놀러 오거든요. 근데 어떻게 대접해야 할지 모르겠어요……."

내가 아오이와 같이 사는 건 치즈루 씨와 루미 씨밖에 모른다. 동거 얘기나 루미가 놀러 온다는 건 말하지 않고 이이즈카 씨에게 고민을 털어놓았다.

"헤에, 유야와 아오이는 사이가 정말 좋구나."

"아하하. 저를 잘 따르더라고요. ……그래서 말인데요, 여고생을 어떻게 대접하면 좋을까요?"

"응? 친척이니까 그렇게 딱딱하게 생각하지 않아도…….

하항. 알겠다, 그런 거군."

이이즈카 씨가 장난기 어린 미소를 띠었다.

뭐야, 저 의미심장한 웃음은.

혹시 거짓말한 걸 들켰나?

"너한테 응석 부리는 조카를 기쁘게 해 주고 싶은 거구나? 유야, 좋은 삼촌인데!"

"네? 뭐, 뭐, 저도 조카가 귀엽거든요. 아하하……."

"그래, 그래. 아주 훌륭해."

내 등을 짝, 짝 때리는 이이즈카 씨. 다행이다. 알아서 좋은 쪽으로 해석해 준 모양이다.

"가만있자. 뭐든 여자가 기뻐할 만한 거로 준비하면 되지 않을까?"

"기뻐할 만한, 거요……. 이이즈카 씨는 뭘 받으면 기쁠 것 같으세요?"

"보너스겠지."

"설마 현금이요?!"

"으흐흐. 받으면 너도 기뻐할 거잖아."

턱에 손을 대고 자신만만한 표정으로 말하는 이이즈카 씨. 여고생에게 현금 주고 집에 오라고 했다가는 아웃이다.

"그건 직장인이 받아서 기쁜 거고요. 여고생 입장에서 생각해 주세요."

"아하하, 농담이었어. 어디 보자……. 단것은? 디저트는 어때?"

"네? 그런 것도 괜찮아요?"

"그럼~. 유야가 너무 어렵게 생각하는 거야."

"그렇군요……. 근데 너무 저렴하지 않을까요?"

"괜찮아! 여자애들은 단것을 좋아하니까!"

뭔가 대충 조언하시는 듯한……. 아니지, 잠깐만.

그러고 보니 루미가 단것을 좋아하긴 하지. 아오이가 사원 여행 갔을 때 루미에게 준다고 푸딩을 샀으니까.

아오이도 서프라이즈 케이크를 맛있다고 한 적이 있다. 두 사람 다 디저트류를 좋아하는 건 틀림없는 듯하다.

"이이즈카 씨가 말씀하신 대로일지 모르겠어요……. 디저트로 준비해 볼게요. 참고가 됐습니다."

"그렇지? 아오이가 기뻐하면 좋겠다. 힘내, 삼촌!"

"아하하. 고맙습니다."

이이즈카 씨에게 감사 인사를 전하고 내 자리로 돌아온다.

어깨의 짐을 내려놓은 기분이 들어 한숨을 후 쉰다.

좋았어. 이제 방향성은 정해졌어.

신경이 쓰였던 케이크 가게가 역 지하상가에 있다. 퇴근하면서 둘러보자.

다시 일하기 시작한 지 몇 분 후, 자리를 떴던 치즈루 씨가 돌아왔다.

평소에 흐트러지는 편이 아닌데 어째선지 새우등을 하고

걸어온다. 눈도 죽어 있고 평상시의 능력자 오라가 전혀 느껴지지 않는다.

"치즈루 씨. 왜 그러세요?"

"저주한다, 저주한다, 저주한다, 저주한다, 저주한다……."

"치즈루 씨?!"

무서워! 지금 뭐라고 한 거야?!

제대로 못 들었는데 굉장히 무시무시한 말을 중얼거린 건 확실하다……!

"죽어, 죽어, 죽어, 죽어, 죽어……. 여, 유야."

눈이 마주치자, 치즈루 씨가 간신히 입꼬리를 들어 올렸다. 보기에 아슬아슬한 미소다.

"그나저나 오늘은 날씨가 좋네. 이런 날은 지하실에서 곰팡이라도 키우고 싶은 기분이 들어."

"전후 문맥이 전혀 맞지 않는데요……."

사정은 잘 모르겠으나 꽤 이상한 상태다. 왜 저러지? 악령이라도 씌었나?

"저기, 무슨 일 있으셨어요? 저라도 괜찮으면 얘기를——."

"내 얘기 좀 들어줘, 유야!"

"으악! 까, 깜짝이야……."

갑자기 큰 소리로 말하지 않아 줬으면. 놀라니까.

그건 그렇고 평소에는 침착한 치즈루 씨가 이렇게 흐트러지다니……. 불만이 꽤 쌓였는지도 모른다.

"얼마 전에 납품한 업무용 애플리케이션 있잖아."

"네. 고객과 다퉜던 그거 말이죠?"

요구 사항을 면밀하게 들었는데도 나중에 와서 더 요구를 더 추가하는 난감한 고객이었다. 그 때문에 시스템 기본 설계가 여러 번 바뀌면서 일이 복잡해졌다.

"그래. 이번에 그쪽 담당자가 또 추가 요구를 해서 말이야. 경미한 수정이라 다행이기는 한데 오늘 중으로 재납품하라는 거야."

"그런 막무가내가……."

치즈루 씨가 그렇게 친절하고 정중하게 면담했는데 또 제멋대로 고집을 부리는 건가.

"이미 납품했었잖아요. 저희한테 잘못이 있는 것도 아닌데 거절하면 안 되나요?"

"따지려고 했는데 우리 단골 거래처의 자제분이 경영하는 회사라더라고. 상부 명령으로 거절할 수도 없어."

"직장인의 설움이네요…… 너무 불합리해요."

"어쩔 수 없지. 나도 회사의 간판을 짊어지고 일하고 있으니."

그렇게 말하고 치즈루 씨가 자리에 앉아 키보드를 타닥타닥 치기 시작했다. 치즈루 씨의 등에는 직장인의 비애가 묻어나고 있다.

"하아. 오늘 동창회 있는 날인데……."

"네? 동창회요?"

"응. 대학교 친구들과 5년 만에 모이는 자리거든. 서로 어떻게 지내는지 얘기하면서 술도 마시자고 약속했는데…….아무래도 못 갈 것 같아."

씁쓸하게 웃으면서 계속 키보드를 치는 치즈루 씨. 평소라면 보이지 않는 그 표정은 좀 우울해하는 것처럼 보였다.

이렇게 약한 소리를 뱉는 치즈루 씨를 본 적은 처음인 것같다. 그만큼 오늘 동창회에 기대가 컸던 거겠지.

치즈루 씨의 힘이 되고 싶다.

동창회에 가서 옛 친구들과 즐겁게 술 한잔하며 놀았으면좋겠다.

자연스럽게 그런 마음이 흘러넘친다.

"……경미한 수정이라는 게 어느 정도인데요?"

"이 정도야."

치즈루 씨가 자료를 내게 건넸다. 훑어 보니, 자료에는 수정할 곳과 작업 공정이 자세히 적혀 있었다.

"이 작업량이 경미한 거라니……. 오늘 중에 안 끝나죠?"

"아아, 미안. 말하는 걸 깜박했네. 이제 최종 공정 부분만남았어."

키보드를 치며 치즈루 씨가 그렇게 말했다.

그렇군……. '혼자 묵묵히 야근하면'이라는 조건이 붙지만, 그 정도라면 오늘 안으로 끝낼 수 있을 듯하다.

그럼, 둘이 한다면?

좀 **빡빡**하긴 해도 아슬아슬하게 정시에 끝낼 수 있을지도 모른다.

내게 남은 일은 고객이 방문했을 때 공유할 자료를 작성하는 것뿐이다. 방문 날짜는 아직 정해지지 않았으니 서둘러 오늘 안에 완성할 필요가 없다.

그 외에 남은 일은 매일 하는 메일 답장 정도다. 예정을 변경해 치즈루 씨의 일을 도와도 괜찮으리라.

"저기, 제가 도와 드릴 건 없나요?"

그렇게 물으니, 치즈루 씨가 키보드 치던 손을 멈추었다. 내 쪽을 보고 눈이 커졌다.

"돕겠다니……. 무슨 말을 하는 거야. 너도 바쁘잖아."

"괜찮아요. 일정은 여유가 있거든요."

"흠……. 제안해 준 건 고마운데 너까지 야근하게 하면 아오이 양에게 미안해. 사양할게."

"아뇨. 야근 안 해요."

상사에게 건방진 소리를 한다는 자각은 있다.

하지만 이 조건만은 절대로 양보 못 한다.

"저는 치즈루 씨가 동창회에 가셨으면 해서 돕는 거예요. 야근하면 약속 시간에 못 맞추시잖아요. 정시에 끝내죠."

단호하게 말하니 치즈루 씨가 눈을 깜박거렸다.

"정시에? 너, 진심이야?"

"당연하죠. 저도 전력으로 도울 테니 힘내 봐요. 네?"

"유야……. 아니, 안 돼. 만약 못 끝내면 야근이라고. 아오이 양이 슬퍼할 거야."

"그러면 더더욱 정시에 끝내야죠."

"뭐?"

"아오이는 학업과 집안일을 병행하고 있어요. 제가 일도 만족스럽게 하지 못하면 아오이가 비웃을 거예요."

오늘 야근하게 되면 피곤함에 절은 회사원이었던 그 시절로 되돌아가는 거다.

이제 나는 그때의 내가 아니다.

지금의 나는 아오이가 존경한 과거의 내가 되었을 터.

"치즈루 씨. 무조건 정시에 끝내요. 동창회에서 옛날얘기하면서 술에 아주 빠지고 오세요."

"너란 녀석은……. 미안해. 신세 질게."

"별말씀을요. 평소에는 제가 신세 지니까 가끔은 은혜 좀 갚게 해 주세요."

"……후후. 이제 건방진 소리도 할 줄 아네, 요 녀석이!"

"으악!"

치즈루 씨가 내 머리를 마구 헝클었다.

"뭐 하시는 거예요, 치즈루 씨!"

"하하. 미안해. 부하가 성장한 모습이 기뻐서 말이야."

유쾌한 듯 깔깔 웃으며 웃는 치즈루 씨.

조금 전까지 그늘졌던 표정은 온데간데없다.

"정말이지. 저 놀리실 때가 아니에요. 시간 없습니다."

"호오. 많이 컸는데. 그럼, 정식으로…… 유야. 나 좀 도와줄래?"

"물론입니다!"

내가 웃으며 대답했다.

좋았어. 무조건 정시에 끝낸다!

"치즈루 씨. 저는 뭘 하면 될까요?"

"잠깐만. 수정할 곳 보낼게."

나는 치즈루 씨의 지시에 따라 신속하게 일을 해치워 나갔다.

◆

사무실 책상 주변은 유독 조용했다.

나와 치즈루 씨 사이에 사담은 없다. 대화라고는 업무에 관한 질문과 보고뿐. 키보드를 치는 소리가 평소보다 더 잘 들린다.

집중해서 작업에 몰두한 결과 슬슬 내가 맡은 일도 끝날 기미가 보인다.

"좋았어. 끝났다."

마지막으로 엔터 키를 두드린다.

잊고 있던 피로감이 한순간에 몰려왔다. 의자 등받이에 기대 기지개를 크게 켠다.

사무실 벽에 걸린 시계를 힐끔 봤다.

정시 10분 전……. 아슬아슬하게 맞췄군. 이로써 치즈루 씨도 동창회에 참석하실 수 있겠지.

"치즈루 씨. 끝났습니다."

"알겠어, 확인할게. 문제없으면 재납품하기만 하면 돼."

잠시 키보드를 치고는 치즈루 씨가 크게 한숨을 쉬었다. 안도의 표정이 무사히 납품했다는 걸 말해 주고 있다.

"하아, 끝났다. 참, 시간이……. 딱 정시네. 역시 대단해, 유야."

"아하하. 스릴 넘쳤죠."

"하하, 그랬지. 이런 긴장감은 이제 지긋지긋하지만."

쓴웃음을 지으며 치즈루 씨가 퇴근할 준비를 하기 시작했다.

자. 나는 메일만 확인하고 퇴근할까. 작업 중에 한 번도 안 봤으니.

"유야."

메일 수신함을 열고 메일을 읽고 있는데 치즈루 씨가 불렀다.

"오늘 정말 고마워. 네 덕에 동창회에 갈 수 있을 것 같아."

"왜 이러세요, 치즈루 씨. 곤란할 때는 서로 상부상조하는 거죠……. 그렇다기에는 제가 더 많이 의지하지만요. 능력이 부족한 후배라 죄송합니다."

"그렇지도 않아."

짝, 등을 세게 때린다.

예상치 못하게 충격이 세서 반사적으로 등줄기가 곧추 펴졌다.

"너는 이미 제 몫을 해 주고 있어. 믿음직스러워졌구나, 유야."

치즈루 씨가 그렇게 말하며 미소 짓는다.

긴장했던 몸에서 힘이 빠져나간다.

존경하는 상사에게 칭찬받으면 당연히 기분 좋다. 나는 입술에 힘을 주고 웃음이 새어 나오려는 걸 필사적으로 참았다.

"네가 갓 입사했을 때 기억해?"

"네? 어땠더라……."

"성실하고 진중한 용모. 입을 열면 의욕만은 이미 한 사람 몫을 했지. 좋은 인재가 부하로 들어왔구나 싶었어."

"그냥 널리고 널린 신입 사원 같은데요……."

소박한 의문을 입 밖으로 내니, 치즈루 씨가 '그건 아니야'라며 고개를 저었다.

"성실한 사람은 자신의 실수나 보고를 어물쩍 넘기지 않아. 진중한 사람은 노력하고 감사하는 마음을 잊지 않지. 의욕이 있는 사람은 향상심이 있어. 유야, 너는 그 전부를 갖추고 있었어. 가르칠 보람이 있는 신입이라고 생각했어."

"왜, 왜 그러세요? 갑자기 막 칭찬해 주시고."

"확실히 나답지 않을지도. 부하의 성장이 기쁜 나머지 말해 버렸네. 아하하."

치즈루 씨가 드물게 천진하게 웃었다.

피곤에 찌든 시기도 있었는데 나를 쭉 지켜보고 평가하고 계셨구나……. 치즈루 씨의 부하라 정말 다행이야.

"그럼, 이건 기억해? 입사하고 얼마 안 돼서 네가 개발 중인 애플리케이션의 데이터를 지워 버린 적 있었지. 백업해 둔 게 있는데 '치즈루 씨, 정말 죄송합니다!'라면서 거의 반쯤 울면서 사과했는데. 그때와 비교하면 많이 성장했다고 생각하지 않아?"

"감동하고 있었는데 놀리지 말아 주시죠?!"

그만하세요. 그 흑역사는 아직도 생생하다고요.

떠올리기도 싫다……. 그때는 정말로 절망해서 좌절할 뻔했다. '해고'라는 두 글자가 뇌리를 스친 순간이었다고.

뭐, 덕분에 백업의 소중함을 몸소 절실히 깨달아서 지금은 좋은 추억이 됐지만.

"농담은 접어 두고, 네 실력과 노력은 좋게 평가해. 앞으로도 기대하겠어."

"치즈루 씨……. 네! 열심히 할게요!"

"대답 좋고. 내일부터 내 작업을 몇 개 맡길게."

"감사합니…… 자, 잠깐만요! 그냥 치즈루 씨가 편하려고 그러시는 거죠?!"

위험했다. 분위기에 말려서 일을 떠안을 뻔했어. 정말 방심할 수가 없다니까, 이 사람은…….

"하하, 들켰네. 유야와 이이즈카는 나한테 너무 엄하다니까."

그렇게 농담하고 치즈루 씨가 퇴근했다. 가면서 '수고했어'라는 목소리는 업되어 있었고 발걸음도 평소보다 경쾌했던 것 같은 기분이 든다.

그 뒤, 메일 답장을 마친 나는 컴퓨터를 껐다. 먼저 들어가 보겠다고 주변에 인사하고 사무실을 나선다.

역으로 향하는 길에 크리스마스 장식을 한 음식점이 몇 군데 보였다. 스쳐 지나가는 사람들은 행복하게 웃고 있고 연내 마지막 큰 이벤트를 목전에 두고 다들 들떠 있다.

크리스마스와는 관계없지만, 나도 들떴다.

회사도 정시에 퇴근할 수 있게 됐고 치즈루 씨에게 믿음직스러운 존재도 되었다. 예전과는 달리 집안일도 할 수 있다.

있지, 아오이.

나, 이제 피곤에 찌든 회사원은 졸업했지?

마음속으로 그렇게 중얼거리고 북적거리는 거리를 걷는다.

"……케이크 가게에 한번 가 봐야지."

숨결이 하얗다. 추위로 손이 뻑뻑하다. 완연한 겨울이다.

붐비는 거리를 빠져나와 지하상가로 이어지는 계단을 내려갔다.

내가 돌아오기를 기다리는 약혼자의 웃는 얼굴을 떠올리며.

◆

며칠이 흘러 토요일이 되었다.

집에 있는 벽걸이 시계가 오후 2시를 가리킨다.

오늘은 모임 당일.

나와 아오이는 루미를 환영할 준비에 한창이다.

"청소는 했고, 그리고……. 오빠. 이제 뭐 하면 돼요?"

옆에서 아오이가 안절부절못한다. 집에 학교 친구를 초대하는 게 처음이라 긴장한 모양인다.

"역시 집을 좀 꾸미는 게 나았을까요?"

"아하하. 파티 안경이나 폭죽도 준비할 걸 그랬나?"

"아이참. 또 놀리고……. 후후. 오늘 모임, 기대돼요."

미소 짓는 아오이를 보고 불현듯 위화감이 든다.

어? 왠지 눈꺼풀이 무거워 보이는데……?

"혹시 잠 설쳤어?"

"윽, 들켰네요……. 네. 어제 좀처럼 잠이 안 와서요."

"아하. 오늘이 기대돼서 잠을 못 잤구나?"

"그, 그게 뭐 어때서요!"

"아하하, 그렇게까지 화낼 일이야?"

"오빠 표정이 놀리고 있잖아요!"

"미안, 미안."

뾰로통 토라진 아오이를 어르는데 인터폰이 울렸다.

"아! 루미가 왔나 봐요……. 이럴 때는 어떻게 마중하면 돼요?"

아오이가 어찌할 바를 몰라 한다.

학교 친구니까 그렇게 긴장하지 않아도 되는데.

"진정해. 긴장되면 나도 같이 갈까?"

"네, 네. 같이 가 줘요."

우리는 둘이 현관으로 향했다.

조용히 문을 연다.

사복 차림의 루미와 눈이 마주치자, 루미가 웃으면서 손을 흔들었다.

"하이, 하이! 오, 부부가 같이 마중 나온 거예요? 사이좋은 거 티 내기는!"

"부, 부부?! 아직 그런 관계 아니거든요……. 바보."

아오이의 얼굴이 새빨개졌다.

'아직 그런 관계가 아니다'라니, 또 자각도 없이 훅 내비치는데 학교에서도 이럴까. 만약 그렇다면 상당히 낯 뜨겁다.

"안녕, 루미."

"유야 오빠, 오랜만이에요. 오늘 집에 초대해 줘서 고맙습니다~."

"나야말로 와 줘서 고마워. 올 때 추웠지. 얼른 들어와."

"오, 어른의 배려다. 멋있어라."

루미가 '실례합니다'라며 집 안으로 들어와 부츠를 벗는다.

그 모습을 보면서 옆에서 아오이가 살며시 한마디 한다.

"……나도 그 정도 배려는 할 줄 안다, 뭐."

입술을 비쭉 내밀며 귀엽게 투정한다.

혹시 루미를 대접하려 했는데 나한테 그 역할을 뺏겨서 삐친 건가?

긴장하는 것 같길래 내가 잘 처신해야지 생각했는데…….
쓸데없는 오지랖이었는지도 모르겠네.

루미가 신발을 벗고 들어오더니, 루미가 '대박. 진짜 동거하는군요'라며 흥미롭다는 듯 집 안을 둘러본다.

"루미. 음료 준비해 줄 테니까 의자에 앉아서 기다려. 아오이가 타는 홍차, 정말 맛있으니까 기대해도 좋아."

"정말요? 홍차는 타는 방법이 달라요?"

"응. 같은 찻잎을 쓰는데도 내가 타는 것보다 훨씬 맛있어. 그렇지, 아오이?"

"네? 아, 네. 뜨거운 물의 온도를 맞추고 뜸을 확실히 들이는 게 비결이에요."

"그렇구나, 몰랐어. 굉장하네, 아오치!"

"굉장하지는……. 과장이에요."

아오이가 루미에게 칭찬받고 쑥스러워하고 있다. 하지만 어딘가 득의양양해 보이는 게 싫지만은 않나 보다.

"루미, 조금만 기다려요. 유야 오빠. 식기 좀 준비해 주세요."

"알겠어."

둘이 부엌에 서서 루미를 대접할 준비를 한다. 홍차를 따를 찻잔, 그리고 케이크를 담을 그릇과 포크를 선반에서 꺼냈다.

케이크는 오늘 아침, 회사 근처 역의 지하상가에서 사 왔다.

루미와 아오이를 위해 산 케이크는 딸기가 잔뜩 들어간 귀여운 케이크다. 아몬드 생지와 커스터드 버터를 가미한 크림, 거기에 딸기의 부드러운 신맛이 어우러져서 잘 어울린다나. 참고로 나는 초콜릿을 좋아해서 자허토르테를 골랐다.

식기와 케이크를 내갈 준비를 마치니, 아오이가 내 어깨를 톡톡 두드렸다.

"응? 왜?"

"제가 루미를 대접하고 싶어 하는 거, 알고 있었죠? 그래서 제가 만회할 수 있게 도와준 거 아니에요?"

아오이가 루미에게 들리지 않게 작은 목소리로 그렇게 말했다.

"글쎄……. 기분 탓 아니야?"

"정말이지. 모른 척하기는……. 고마워요."

"아하하. 고맙다는 인사를 들을 일은 아니야."

"그…… 저를, 유심히 관찰하는구나 싶어서요. 기뻐요."

도닥도닥, 수줍음을 감추기 위해 내 어깨를 때리는 아오이. 어느 틈엔가 응석꾸러기 모드의 표정으로 바뀌어 있다.

"이렇게 다정하게 대하면, 오빠한테 더 응석 부리고 싶어진다고요."

"잠깐만……. 지금은 그러지 마. 루미한테 다 들리잖아."

"괜찮아요. 작게 말하고 있으니까. 제 목소리는 오빠한테만 들려──."

"어라~?"

나와 아오이가 일제히 소리가 나는 방향으로 시선을 돌린다.

루미가 히죽대며 부엌을 들여다보고 있었다.

설마…… 방금 한 대화 들은 거야?!

아오이의 볼이 단숨에 빨갛게 물든다.

"루, 루미?!"

"두 사람, 분위기가 좋아 보이네요. 혹시, 꽁냥꽁냥하고 있었어요?"

"아, 안 했어요!"

"하지만 아웃치, 오빠 어깨를 도닥도닥 때리고 있었으면서. 스킨십했잖아."

"그, 그건……. 오빠 어깨에 이상한 벌레가 붙어 있어서 쫓은 거예요! 에비, 에비!"

"아, 아파! 아오이, 너무 세게 때렸어!"

순식간에 '도닥도닥'이라는 귀여운 소리가 '찰싹찰싹'이라는 거센 소리로 바뀌었다. 부끄러워서 그러는 건 이해하는데 아프다.

"부끄러워하지 마, 아웃치."

"부끄러워하는 거 아니에요! 오빠도 무슨 말이라도 좀 해 봐요!"

"일단 그만 좀 때릴래?!"

아, 진짜 아프다고!

그렇게 항의하자, 제정신으로 돌아온 아오이는 때리는 걸 멈추었다.

다행이다. 어깨가 파괴되는 줄 알았어…….

그리고 루미에게는 다시 앉아 있으라고 했다. 여기 있으면 아오이를 계속 놀릴 것 같아서.

"하여간. 그러니까 지금은 응석 부리지 말라고 했잖아."

"미, 미안해요. 하지만…… 오빠 탓이에요."

자그맣게 '익' 하고 신음하고는 그릇에 케이크를 담는 아오이.

왜 내 탓인데……. 음. 여고생, 어렵다.

홍차와 케이크를 식탁으로 옮기니, 루미의 표정이 환해진다.

"이게 뭐야, 아웃치! 정말 귀여운 케이크잖아!"

"유야 오빠가 사 온 거예요. 맛있기로 유명한 케이크래요."

"헤에, 그렇구나! 사진 먼저 찍어도 돼?"

"아, 저도 찍을래요……. 정말 귀엽죠."

"이 딸기 말이야, 뾰로통 화내는 아웃치하고 닮았어."

"후후. 그게 뭐예요, 예가 이상해요."

여고생 두 명이 왁자지껄 떠들면서 휴대폰으로 촬영회를 시작했다. SNS라도 올리려는 걸까. 어찌 됐든 흐뭇한 광경이다.

사진을 다 찍고 나서 다 같이 케이크를 먹기 시작했다.

루미가 입을 우물거리면서 황홀해하는 표정을 짓는다.

"마시쩌……. 웬일이야. 미쳤는데."

"미쳤네요. 오빠, 굿 잡이에요."

루미와 아오이가 만족스러워하며 케이크를 먹는다. 처음으로 사 본 가게였는데 평판대로 맛있는 듯해서 안심했다.

루미가 홍차를 한 모금 마시더니, 작게 '아'라고 감탄한다.

"이 홍차, 향기도 좋다. 아웃치, 제법인걸."

"제, 제가 뭘요……. 좋은 홍차라 그래요."

"겸손 떨지 마."

"아이참, 쓰다듬지 마요."

"오빠, 부럽네요. 이렇게 맛있는 홍차를 매일 마시고……. 그렇지. 아웃치, 우리 가게에서 일하지 않을래? 메이드복 입고 홍차 타 주라."

뭐?

아오이가 메이드복을 입는다고……?

내 머릿속에 메이드 차림을 한 아오이가 재현된다.

장소는 저택의 정원(없지만). 아오이가 나풀나풀한 메이
드복을 우아하게 입고 얼그레이를 찻잔에 따른다. 수제 스
콘을 곁들여 '드셔 보세요, 주인어른'이라며 쑥스러운 듯 웃
는 모습이다.

"루미네 가게에서 일하지도 않을 거고 메이드복도 안 입
어요. 그렇죠, 오빠?"

"아니. 메이드복은 입어도 되지 않나?"

"유야 오빠?!"

아오이가 입을 뻐끔뻐끔한다 '왜 배신해요!'라고 말하는
것 같다.

미안. 메이드는 남자의 로망이야. 용서해 줘.

"역시 유야 오빠! 보고 싶죠, 메이드복 입은 아옷치!"

"응. 분명 잘 어울릴 거야."

"맞아요, 맞아요! 좋았어! 언젠가 아옷치에게 메이드복을
꼭 입히고 만다!"

"저는, 안 입는다니까요!"

"루미, 나도 협력할게."

"아이참! 오빠는 대체 누구 편이에요!"

아오이를 놀리면서 케이크를 먹는데 점차 학교 이야기로
화제가 옮겨 간다. 역시 아오이의 이야기가 중심이다.

루미는 기쁜 듯이 아오이가 어떤지 얘기한다. 이따금 놀리기도 하지만, 아오이도 장난치면서도 대화를 즐기는 듯하다.

정말로 사이가 좋구나, 이 두 사람.

"유야 오빠. 아옷치의 귀여운 실수, 듣고 싶어요?"

"듣고 싶어. 혹시 새로 갱신된 거야?"

"네, 네! 여기서 두 정거장 지나면 있는 역으로 놀러 갔을 때 일인데요. 아주 걸작이에요! 개찰구 나갈 때 터치하면 '삐' 하잖아요."

"IC 카드 말이지?"

"네, 그거요. 근데 그날 아옷치가 개찰구를 통과하지를 못하는 거예요. 몇 번을 터치해도 거부 알림음이 울렸죠. 초조해하면서 여러 번을 터치했는데……. 알고 보니 들고 있던 게 드러그스토어의 포인트 카드였어요!"

"풋……. 포인트 적립하고 싶었나 보다."

"심지어 아오이가요, '어쩌죠. 마그네틱이 망가졌나 봐요'라고 진지하게 말하지 뭐예요. 그 뒤에 역무원한테 갔다가 돌아와서는 얼굴이 새빨개져서 개찰구를 통과하더라고요! 그러고는 저한테 작게 '오늘 일은, 비밀로 해 줘요……'라고 입막음 시도까지! 진짜 웃기죠!"

"푸흡…… 하하하! 웃겨 죽겠다!"

"그렇죠? 어찌나 귀엽던지!"

"두 사람…… 제가 전에 남의 실패를 놀리는 거 아니라고

지만, 눈은 웃고 있지 않다. 평소 다정함으로 가득한 눈동자도 '지금은 분노로 덮여 있다.

이렇게 되면, 나와 루미가 취해야 할 행동은 딱 하나.

"아오이 씨. 잘못했습니다."

"아오이 씨. 잘못했습니다."

"네. 착해요."

나와 루미가 사과하자 아오이가 뚱한 얼굴로 고개를 끄덕였다.

그러고 보니 한참 전에 셋이 식사했을 때, 비슷한 상황이 있지 않았나. 루미가 얘기를 재미있게 해서 나도 모르게 웃음이 터진단 말이지.

"아오이. 미안하다니까."

"흥이네요."

내가 미안하다고 하니, 아오이가 뾰로통하게 얼굴을 팩 돌렸다. 볼이 풍선처럼 부풀었다.

"에헤헤. 아웃치는 화내는 얼굴도 귀엽네. 얍, 얍."

탱글, 탱글.

루미가 아오이의 뺨을 콕, 콕 찌른다. 반성을 안 했군.

"음. 아무리 생각해도 아웃치는 메이드복이 잘 어울릴 것 같은데. 진짜 귀엽거든."

"띄워 줘도 소용없어요. 저는, 안 입어요."

"아쉽다. 입으면, 유야 오빠도 엄청나게 기뻐할 텐데."

"네?"

아오이와 루미의 시선이 일제히 내 쪽으로 향했다. 루미는 히죽히죽하고 있고 아오이는 뺨을 발갛게 물들이고 있다.

……혹시, 기대하는 건가?

나도 아오이가 메이드복을 입은 모습을 보고 싶긴 하지만, 루미 앞에서 대놓고 표를 낼 수는 없다.

하지만 아오이의 기대에는 부응하고 싶은데……. 어쩌면 좋지?

갈등하는데 우물쭈물하는 아오이와 눈이 마주쳤다.

"오빠. 제가 메이드복 입으면 기뻐요?"

"윽……. 기쁘, 겠지."

응석 부리는 듯한 표정에 못 이기고 나도 모르게 고개를 끄덕이고 말았다.

"그렇군요……. 그러면 검토해 볼게요."

아오이가 그렇게 말하고는 입가를 가렸다. 웃음을 참으려고 노력하는 모양이지만, 얼굴 풀어진 거 다 보인다.

"미, 미치겠다……!"

루미가 식탁에 엎어져서 몸부림쳤다.

확실히 미쳤다.

하지만 어른인 내가 루미와 같은 반응을 보일 수는 없다.

나는 마음속으로 '풀어진 얼굴 귀여워!'라고 외치면서 온화한 미소만 지었다.

◆

"슬슬 오늘의 메인 이벤트로 넘어가 볼까 합니다!"

케이크를 먹고 담소를 나누다가 루미가 그렇게 말했다.

메인 이벤트……. 영화 보자고 한 거 말인가?

내가 묻기도 전에 루미가 블루레이 겉면을 우리에게 보여 주었다.

"짜잔! 멜로 영화예요!"

나는 블루레이 겉면을 찬찬히 뜯어보았다.

영화 제목은 「세컨드 러브, 세컨드 라이프」. 재작년에 화제였던 유명한 멜로 영화다. 줄거리는 몇 년 전에 헤어진 커플이 재회해, 또다시 사랑에 빠져 같이 살면서 프리터 생활을 해 나가는 이야기였던 거로 기억한다.

취직해서 결혼하고 싶은 여자와, 밴드 생활을 하며 꿈을 좇아 빈둥빈둥 살기만 하는 남자. 두 사람의 엇갈리는 감정이 현실감 있고 마지막에는 애절해서 울게 된다는 유명한 국산 영화다.

아하. 아오이가 영화를 보고 싶다고 했는데 루미가 준비해서 왔나 보구나.

"이 영화요, 아웃치가 보고 싶다던 거예요. 저는 한 번 봤는데 아웃치가 이걸 꼭 오빠랑 보고 싶다더라고요. 집 데이트 같아서 해 보고 싶다고 했어요. 그렇지?"

"루미. 쓸데없는 말은 하지 말아요."

아오이가 얼굴이 빨개져서 가자미눈으로 루미를 흘겨본다. 이 또한 늘 있는 패턴이다.

"그런고로 유야 오빠. 이거 봐요."

"그래. 아오이가 고른 영화라니까 기대되네."

"부, 부담 주지 마세요……!"

"아하하. 그렇게 부담 느끼지 마. 루미, 틀 테니까 CD 좀 꺼내 줄래?"

"네. 여기요."

루미에게서 블루레이를 받아 들고 DVD 플레이어에 넣는다.

그 사이 아오이와 루미는 소파로 이동했다. 왼편에는 아오이가, 가운데에는 루미가 앉았다. 나는 비어 있는 오른편에 앉았다.

……이 소파, 셋이 앉은 건 처음인데 좀 좁은 것 같기도. 방심하면 옆에 앉은 루미와 어깨가 닿을 것 같다.

내가 긴장한 게 느껴졌는지 루미가 내 어깨를 툭툭 쳤다.

"유야 오빠, 혹시 옆 사람 신경 쓰는 타입이에요? 좀 더 이쪽으로 와도 돼요."

"고마워. 근데 어깨가 닿을 것 같아서."

"사양하지 마세요~. 모르는 사람도 아니고 괜찮아요. 이리 와요."

루미가 대수롭지 않은 듯 웃었다.

루미는 정말 착한 애구나. 아오이는 자기주장을 잘 못 하는 면이 있어서 배려할 줄 아는 친구가 곁에 있다면 안심할 수 있다.

……그런 생각을 하는데 아오이가 우리 쪽을 불안한 듯 쳐다보고 있다. 딱 봐도 뭔가 하고 싶은 말이 있는데 참고 있는 얼굴이다.

"아오이? 그쪽도 좁아? 그러면 소파는 둘이 써. 나는 의자를 가져와서 앉을 테니까."

"……떨떠름해요."

"응? 떨떠름하다니?"

"그……. 오빠하고 루미가 붙는 게, 떨떠름해요. 너무 달라붙지 않았으면 좋겠어요."

아오이가 '루미. 붙으면 안 돼요, 알았죠?'라며 곤란한 표정으로 부탁한다.

……이런. 아오이가 질투하게 해서 미안한 마음보다도 귀여워 보이는 마음이 더 커서 가슴이 따뜻해진다.

옆에서 루미가 두 손으로 얼굴을 감싸고 '귀여워!'라고 소리치고 두 발을 동동 구른다. 저 심정을 이해한다. 나도 나이만 덜 먹었다면 마룻바닥에서 데굴데굴 구르면서 '귀여워!'라고 외치며 몸부림쳤을 정도다. 귀여워!

……어이쿠, 둘이 몸부림칠 때가 아니다.

"저기, 루미. 한 가지 제안이 있는데."

"오케이. 자리 바꾸자는 거죠? 아웃치, 나랑 자리 바꾸자."

내가 말하지 않아도 루미가 나서서 제안해 주었다.

왼쪽부터 루미, 아오이, 그리고 내가 소파에 다시 자리 잡고 앉는다. 이렇게 하면 나와 루미가 붙을 일이 없다.

아오이의 마음을 헤아려 줘서 고마워, 루미.

……이 두 사람은 학교에서도 이런 느낌일까. 평소에는 아오이가 더 야무진데, 관계성이 재미있다.

"미, 미안해요. 떼를 써서……"

옆에 앉은 아오이가 사과했다. 미안해하며 시무룩해하고 있다.

"뭘~. 아웃치가 유야 오빠를 좋아하는 게 하루 이틀 일도 아니고. 그 왜, 학교에서도 자주──."

"루미! 그건 비밀이에요!"

"으읍!"

아오이가 황급히 루미의 입을 손으로 막았다.

"정말! 루미의 그런 점, 때찌, 할 거예요!"

"으으으읍! 으읍!"

"아하하……. 얘들아, 영화 시작한다."

어색해서 화제를 바꾸니, 아오이가 루미를 놓아 주었다. '숨 막혀 죽는 줄 알았잖아!'라며 루미가 항의하지만, 아오이는 뚱해 있다.

TV에서 음성이 흘러나오자, 우리는 잠자코 영화를 감상했다.

영화는 주인공 두 사람이 학생 시절이었던 장면으로 시작했다.

두 사람은 고등학교 축제를 계기로 친해져 사귀게 된다.

하지만 대학생이 되고 엇갈리는 일이 많아졌다. 그러다 이별을 맞이하고 각자의 길을 걷는다.

대학교를 졸업하고 5년 후, 두 사람은 한 라이브 하우스에서 다시 만난다.

밴드 메이저 데뷔를 목표로 프리터 생활을 하는 남자. 그런 그를 응원하면서도 장래가 불안한 여자. 두 사람은 두 번째 교제를 시작하면서 같이 살게 된다.

이야기가 중반쯤 진행됐는데 벨 소리가 집 안에 울려 퍼진다.

"음. 내 휴대폰 같은데."

루미가 주머니에서 휴대폰을 꺼냈다.

"남자 친구다…… 미안해요! 밖에서 전화 받고 올 테니까 영화 보고 있어요!"

루미가 자리에서 일어나서 그렇게 말했다.

"그럼 잠깐 정지해 놓을게."

"안 그래도 돼요, 오빠. 저, 이거 전에 한 번 봤어요!"

발소리를 탁탁 내며 루미가 밖으로 나가 버렸다.

"후후. 아오이를 그렇게 놀리더니, 루미도 남자 친구와 러브러브 하네."

"제, 제 얘기는 됐어요. 바보."

아오이가 작게 '오빠에 대해 자랑하고 싶었는걸'이라며 내 다리를 툭툭 쳤다. 루미가 나가자마자 이렇게 귀엽게 응석 부린다.

"……오빠. 둘이 영화 보고 있으니 꼭 집 데이트 하는 것 같네요."

"그러게. 하고 싶어 했지?"

"네. 오늘 정말 만족스러워요."

"그렇구나. 그러면 다음에 또 집 데이트 하자."

그렇게 제안하자, 아오이가 손을 내 손에 슬슬 문지른다.

"지금은, 안 돼요?"

아오이가 내게 붙어 어깨에 머리를 기대 왔다.

맞닿은 손을 아쉽게 떼고, 그대로 내 허벅지로 이동한다. 간지러워서 반사적으로 몸이 흠칫흠칫 떨었다.

"……아오이. 응석이 좀 과하니까 참아 줘."

"집 데이트니까 이런 것도 하고 싶었단 말이에요."

"하지만 지금은 루미도 있잖아. 그러니까……."

"……안 돼?"

"윽……. 그럼, 루미가 없는 동안만 하는 거다?"

"네. 후후, 신난다."

조르는 아오이에 굴복하여 나도 모르게 허락하고 말았다. 어쩌면 내가 아오이를 너무 응석 부리게 만든 건지도 모른다.

나도 아오이와 달라붙어 있는 시간은 좋아한다. 하지만 오늘은 루미가 있다. 만약 루미가 지금 돌아오면 너무 창피할 것 같아⋯⋯!

조마조마하면서 영화를 계속 본다.

동거를 시작한 두 주인공은 고등학교 시절 때보다도 더 깊이 사랑을 키워 나간다. 가끔, 여주인공이 장래에 대해 불안해하는 장면이 있지만, 대체로 알콩달콩한 생활을 보낸다.

장면이 바뀌고 두 사람이 집에서 노닥거린다. 마침 지금의 나와 아오이처럼 들러붙어 있다. 우리와 다른 점은 두 사람이 앉아 있는 곳이 침대라는 점이다.

여주인공이 남주인공의 허벅지를 손가락으로 뜸 들이듯이 더듬었다.

「있잖아⋯⋯. 쓸쓸하지 않게 오늘 밤은 많이 응석 부리게 해 줘. 내 몸을 너로 가득 채워 줘.」

여주인공이 유혹한 직후, 두 사람은 진하고 깊은 키스를 나누었다. 그리고 옷을 벗고 그대로 침대에 눕는다.

베드 신이 있는 영화였나⋯⋯. 나는 상관없는데 아오이는 괜찮을까. 순진한 면이 있으니 또 얼굴이 새빨개졌을지도.

아오이를 흘끔 본다.

예상과 달리 아오이는 눈을 감고 잠들어 있었다. 가슴을 조용히 위아래로 움직이며 작게 새근새근 소리를 내고 있다. 평소에는 야무지고 어른스럽지만, 잠자는 얼굴은 천진난만하다.

"아이고……. 잘 자네."

그러고 보니 어제 잠을 설쳤다고 했지. 피곤할 테니 이대로 소파에 눕혀 자게 하자.

그렇게 생각하고 살며시 소파에서 일어나려는데──.

"오빠……?"

자는 아오이가 내 이름을 불렀다.

이런. 깼나?

주뻣주뻣 아오이의 얼굴을 들여다본다.

아오이가 눈을 감고 기분 좋게 자고 있다.

다행이다. 방금은 잠꼬대였나 보다.

안심한 건 잠깐이었다.

"……쓸쓸하지 않게, 잔뜩 응석 부려도 돼요?"

아오이의 잠꼬대는 어쩐지 영화 속 여주인공이 남주인공을 침대에서 유혹할 때 한 말과 비슷했다. 우연이겠지만, 의식하게 되는 건 어쩔 수 없다.

"무슨 꿈을 꾸는 거야……. 어?"

아오이가 내 옷을 꼭 잡더니, 그대로 내 쪽으로 쓰러진다.

어쩌지……. 순식간에 무릎베개를 대 주고 말았다.

이 자세로는 아오이를 소파에 재우기 힘들다.

그렇다고 이대로 있는 것도 곤란하다. 루미가 다시 오면 뭐라고 변명해야 좋단 말인가. 솔직히 설명하기에도 부끄럽다.

"……오빠, 일, 힘내세요……."

아오이의 쪼그만 입에서 잠꼬대가 새어 나왔다. 다른 건 그렇다 쳐도 '내세요'라는 말투, 귀여워 미치겠다.

출근하는 나를 배웅하는 꿈이라도 꾸는 걸까. 아무튼 이렇게 풀어진 아오이는 본 적이 없다.

"……자는 얼굴이 너무 무방비하잖아."

아오이의 탱탱한 볼이 시선을 끌어당긴다.

콕, 콕.

찔러 보니, 손가락 안쪽 볼록한 부분이 부드러운 볼에 푹 잠긴다.

그런데도 일어날 기미가 안 보인다. 새근새근 숨을 쉬고 있다.

"무릎베개를 해 달라니……. 오빠는 응석꾸러기네요. 그래요, 그래요."

또다시 달콤한 잠꼬대가 아오이의 입에서 나왔다. 아무래도 지금 상황과 정반대인 꿈을 꾸는 듯하다.

이렇게 응석 부리는 날이 오다니, 동거 첫날에는 생각지도 못했다. 내게 응석 부리며 편하게 있는 아오이를 보면 어쩐지 기쁘다.

아오이의 머리를 어루만지며 잠자는 얼굴을 관찰한다. 정말로 예쁜 얼굴이다. 마치 인형처럼 반듯해서——.

달칵.

문이 열리는 소리가 났다.

루미가 들어왔나 보다. ……잠깐, 망했다! 아오이의 자는 얼굴에 정신이 팔려서 루미를 까맣게 잊고 있었다!

"다녀왔어요. 늦어져서 미안해요……. 어? 아웃치 자요?"

"아니야, 루미. 어떻게 된 거냐면……."

"쉿."

루미가 검지를 입술에 갖다 대고 미소 지었다.

"오빠. 수선 떨면 깨요. 자게 두죠."

"어? 아, 응……."

루미가 소파 앞에 웅크려 앉아 자는 아오이의 얼굴을 들여다본다.

"정말 귀엽지 않아요? 자는 얼굴 진짜 최고다."

탱글탱글.

루미가 아오이의 볼을 손가락으로 찔렀다.

"우와. 미소녀의 자는 얼굴을 보면서 말랑한 볼을 찌르고 있다니……. 최고로 행복해."

눈이 하트가 돼서는 볼을 찌르는 데 정신없는 루미. 조금 전에 자게 내버려 두자는 건 아오이를 배려해서 한 말인 줄 알았더니 이게 목적이었나.

"사람 좋아하는 새끼 고양이 같아. 그나저나 볼이 진짜 말랑하네. 기분 좋아라."

루미가 볼을 콕콕 찌르니, 아오이에게서 '으음' 하는 소리
가 새어 나온다.

"베아트릭스…… 오늘 데이트에서는 어떤 옷을 입으면 좋
을까요……?"

드디어 일어났나 싶더니, 더 요란하게 잠꼬대했다. 상황
이 이런 줄도 모르고 잘도 잔다.

옆에서 루미가 '응?' 하고 의문스러워하며 고개를 기울였다.

"오빠. 베아트릭스가 누구예요?"

"곰 인형이야. 아오이가 좋아하는 인형."

"인형한테 이름 지어 준 아웃치, 대박 귀여워……. 아, 잠
깐만! 그러면 지금 꿈속에서 인형한테 데이트 때 입고 갈 옷
의논하는 거잖아요!"

흥분한 루미가 '그게 뭐야, 귀여워어어어!'라고 소리쳤다.
꿈속에서뿐만 아니라 현실에서도 인형한테 말 건다는 걸 루
미가 알면 귀여워 죽을지도 모른다.

그나저나…… 아오이는 정말로 인형을 좋아하는구나.

역시 외로움을 잘 타는 건 예전과 비슷하네. 어렸을 적에
는 늘 인형과 함께 놀았으니.

다음에 아오이에게 새 인형을 사 주자. 분명 기뻐할 것이
다. 단짝인 베아트릭스도 친구가 늘어서 기쁘겠지.

그런 생각을 하는데 루미가 내게 말을 걸었다.

"유야 오빠. 오늘 같이 놀아 줘서 고마워요. 정말 고맙게 생각해요."

"나야말로 같이 놀자고 해 줘서 고마워. 덕분에 주말을 즐겁게 보내게 됐어."

"오. 대답하는 게 역시 어른스럽네요. 오빠, 멋져요."

"얘 봐라. 어른을 놀리면 못쓴다?"

"아하하. 놀리는 게 아니라요. 솔직한 감상이라고요."

그렇게 말하고 루미가 '예이'라면서 브이를 했다.

루미는 자기의 감정을 전하는 걸 참 잘한다고 새삼스레 생각한다. 아오이와 상성이 좋은 이유는 루미가 본인을 꾸미지 않고 자연스럽게 대하기 때문일지도 모른다.

"오빠도 즐거웠다니 다행이에요. 거의 억지였으니까요. 미안해요."

"사과하지 마. 빈말이 아니라 정말 즐거웠으니까. 아오이도 분명 즐거웠을 거야. 봐, 이 자는 얼굴을."

행복한 듯 자는 아오이의 얼굴을 보고 루미도 헤실헤실 웃는다.

"에헤헤. 좋은 거 봤어요. 잘 먹었습니다!"

"아하하……. 아오이는 집에서도 자주 즐겁게 네 얘기를 해. 앞으로도 사이좋게 지내 줘."

"아. 유야 오빠, 또 어른스러운 말 한다."

"그, 그래?"

"네. 오빠는 어른스럽고 자상하고 배려도 잘하고……. 아마 아웃치는 그런 부분에 끌린 게 아닐까요?"

루미가 사랑스럽다는 듯 아오이의 머리를 쓰다듬었다.

"아웃치와 유야 오빠는 7년 만에 재회해서 사귀기 시작했다고 들었어요."

"응. 맞아."

"아웃치가요, 전에 그랬어요. '유야 오빠가 옛날처럼 어른스럽고 자상해서 다행'이라고."

"뭐……. 이 얘기는 그만하자. 부끄럽네."

"잠깐만요. 놀리려는 게 아니라 진지하게 얘기하는 거예요. 금방 끝나니까 들어 줘요."

루미가 나를 마주 보고 이어 말했다.

"아웃치한테 들었어요. 뽀뽀도 아직 안 했다고. 스킨십 없이 사귀고 있다면서요?"

"그런 얘기까지 하는구나……."

정확하게 하자면 볼에 뽀뽀는 받아 봤지만, 아오이는 그건 뽀뽀로 안 치나 보다.

"저는 그 얘기 듣고 오빠가 정말 대단하다고 생각했어요."

"어?"

"그렇잖아요. 좋아하는 사람하고는 보통 스킨십도 하고 싶고. 그것도 동거하는 커플인데, 사귀는 사이에 할 수 있는 걸 집에서 많이 하고 싶잖아요."

'하고 싶다'라고는 말할 수 없다. 나는 잠자코 루미가 하는 말에 귀 기울였다.

"아마 유야 오빠는 아옷치가 학생 신분인 동안에는 뽀뽀 이상은 안 할 것 같아요. 왜냐하면 아옷치를 진심으로 소중 하게 생각하니까. 그런 근사한 사람이라서 아옷치가 7년간 오빠만 좋아한 거예요. '유야 오빠가 소중히 대해 주는 게 정말 기뻐요'라고 본인도 자랑하던데요?"

루미가 천진하게 피히히 웃었다.

소중하게 대해 준다라.

아오이가 그렇게 생각했구나.

……솔직히, 좀 안심했다.

또래 커플이었다면 키스 정도야 쉽게 할 수 있는 일이다. 아니, 그 이상도.

하지만 우리는 직장인과 고등학생. 키스하는 것조차 조심 스럽다.

나이 차로 인해 평범한 연애를 할 수 없다.

이에 대해서 아오이가 어떻게 생각하는지…… 솔직히 불 안했다. 루미에게 들은 건 치사할지도 모르지만, 아오이의 진심을 알게 되어서 약간 마음이 놓였다.

루미가 장난기 어린 미소를 지으며 내 옆구리를 쿡쿡 찔 렀다.

"뽀뽀를 참다니, 대단하네요. 어·른·인 유야 오빠 입장에서는 더 자극이 센 것도 하고 싶을 텐데~?"

"윽, 봐주라……."

"아하하! 오빠도 부끄러워하네요? 귀여워라!"

루미가 크게 웃자, 아오이의 눈꺼풀이 살짝 움직인다. 졸린 듯한 '으음' 소리가 새어 나온다.

아오이가 눈꺼풀을 살며시 들어 올린다.

시야에 내가 들어오자, 졸음이 싹 달아났는지 눈이 휘둥그레진다.

"……어?!"

굳은 아오이. 순식간에 얼굴이 새빨개진다.

"유, 유야 오빠?! 어떻게 된 거예요? 이 상황!"

"아오이가 잠들면서 나한테 무릎베개를 시켰지."

"기, 기억이 안 나요……. 미안해요. 일어날게요."

아오이가 내게서 도망치듯 몸을 일으키고는 헛기침을 한다.

"그…… 루미하고 둘이 뭐 했어요?"

"아무것도 안 했어. 그렇지, 루미?"

"네, 네. 아웃치가 자는 얼굴을 보고 볼만 콕콕 찌르고 있었어."

"아이참! 그게 뭐예요!"

"괜찮아. 말랑말랑했거든. 여고생의 피부였어."

"감상을 물은 게 아니거든요! 사람 얼굴을 가지고 놀지 말라는 거라고요!"

볼을 부풀린 아오이가 루미의 어깨를 도닥도닥 때렸다.

"정말이지……. 다른 건 안 한 거죠?"

"아무것도 안 했어. 굳이 말하자면……."

루미가 힐끔 나를 본다.

눈이 마주치자, 루미가 짓궂은 장난을 치는 아이처럼 웃었다.

"나하고 유야 오빠 말이야, 아옷치가 자는 동안에 친해졌어."

"네? 치, 친해져요?"

"응. 둘이 어른의 대화를…… 아이코."

"그게……. 무, 무, 무, 무, 무, 무슨 말이에요?!"

"아하하. 비밀이지롱."

"장난치지 말고 가르쳐 줘요! 아, 도망치지 마요!"

아오이와 루미가 장난치듯 술래잡기를 시작했다.

"얘들아. 너무 뛰어다니지 마. 이웃한테 폐가 되니까."

"그래, 맞아, 아옷치. 술래잡기는 밖에서 해야지."

"이게 누구 탓인데요!"

둘이 또 술래잡기를 시작해서 나는 쓴웃음만 지을 수밖에 없었다.

어느샌가 영화가 끝나고 첫 화면으로 돌아가 있었다. DVD 플레이어에서 디스크를 꺼내 케이스에 넣는다.

벽에 걸린 시계를 본다. 곧 저녁 식사 준비를 해야 할 시간이다.

오늘 반찬은 뭘까?

떠들썩한 아오이와 루미를 보면서 멍하니 저녁 메뉴 생각을 했다.

◆

술래잡기를 마치고 아오이가 저녁 준비를 시작했다.

내가 요리하는 걸 도와주겠다고 했는데 부드럽게 거절했다.

그 대신, '오빠는 루미를 상대해 주세요'라는 명을 받아서 지금은 루미와 함께 비디오 게임을 하면서 놀고 있다.

손님을 대접하는 집주인 같은 아오이의 발언에 감탄했지만, 본심은 달랐다. 심심해진 루미가 집을 이곳저곳을 살펴볼지도 모르니까 감시할 사람이 필요하다는 웃을 수밖에 없는 이유였다.

"오빠, 루미. 저녁 다 됐어요."

게임에 몰두하는데 부엌에서 아오이의 목소리가 들려왔다.

"아웃치, 말하는 게 꼭 귀여운 아내같네요. 얼레리꼴레리."

내 옆구리를 팔꿈치로 찌르는 루미. 나도 똑같이 생각했기 때문에 '아하하' 억지웃음을 지을 수밖에 없었다.

게임을 마무리하고 자리에 앉으니 루미가 테이블에 놓인 식사를 보고 눈이 휘둥그레졌다.

"뭐야……. 이걸 전부 아오치가 만든 거야?"

테이블에는 크로켓, 새우튀김, 감자샐러드, 두부 된장국이 놓여 있다. 튀김은 냉동 제품이나 산 게 아니라 아오이가 손수 튀겨 준 거다.

"루미. 많이 먹어요."

"굉장하다, 다 먹음직스러워 보여! 얼른 먹자. 배가 너무 고파!"

"후후. 어린애 같네요."

들뜬 루미를 보고 아오이도 부드럽게 웃음을 흘렸다.

"잘 먹겠습니다!"

루미가 크로켓으로 젓가락을 뻗는다. 한입 크기라서 그대로 입으로 가져간다. 씹을 때마다 표정이 황홀하게 바뀌어 간다.

"음, 맛있어! 따끈따끈하고 최고야, 아오치!"

"루미가 감자를 좋아한다고 해서 만들어 봤어요……. 입맛에 맞아서 다행이에요."

"오빠는 좋겠다. 매일 아오치의 요리를 먹을 수 있어서. 아오치는 분명 좋은 아내가 되겠지."

"아, 아내요?!"

아오이의 볼이 붉게 물든다.

"왜 쑥스러워해. 7년 동안 오빠를 좋아했잖아. 결혼하고 싶지 않아?"

"모, 몰라요! 바보!"

쑥스러운 듯 새우튀김을 허겁지겁 먹는 아오이.

음. 이 얘기는 나도 부끄러우니까 피하고 싶다.

"그러고 보니 곧 크리스마스 시즌이네요. 루미는 남자 친구하고 어디 놀러 가요?"

자연스럽게 화제를 돌리니, 루미가 '당근!'이라며 즉답했다.

"아직 어디 갈지는 안 정했는데 약속은 했어. 기대돼."

발을 뻗고 동동 구르면서 웃는 얼굴로 말한다.

"아오이, 우리도 크리스마스에 둘이 놀러 가자."

"어, 괜찮아요?"

"물론이지. 사양하지 말라고 했잖아."

"아, 네. 그, 그러면…… 크리스마스 데이트 하고 싶어요."

"알겠어. 24일에는 일하니까…… 25일이 좋겠지? 토요일이라 쉬니까."

"오빠만 괜찮으면 25일이 더 좋아요. 쉬는 날에 더 느긋하게 데이트할 수 있으니까요."

"그래. 어디 갈지는 나중에 둘이 의논해서 정하자."

"네! 신난다, 오빠하고 크리스마스 데이트……. 헉!"

루미의 시선을 알아차린 아오이의 볼이 빨갛게 물들어 간다.

"기뻐하는 아웃치, 귀여워라."

"기, 기뻐하는 게 뭐 어때서요!"

"그나저나 응석 부리는 거 서툴러? 정말? 그렇게 자랑해

대면서?"

"아윽…… 아이참! 루미는 새우튀김 압수예요!"

"안 돼. 나, 새우튀김 좋아한단 말이야아아! 못되게 굴지 마!"

두 사람이 사이좋게 장난치는 걸 보면서 크리스마스를 생각한다.

이렇게 좋아하는 거…… 사원 여행 이후로 처음인 것 같아. 크리스마스는 가장 즐겁게 해 줘야겠네.

아오이의 기쁨이 내 행복이니까.

어떤 데이트를 해야 아오이가 웃는 걸 볼 수 있으려나.

그런 생각을 하면서 크로켓을 집어 먹었다.

◆

저녁을 먹고 우리는 자리에 그대로 앉아 담소를 나누었다.

루미는 또 한 번 아오이에게 요리에 대한 감상을 말했다. 크로켓이 어지간히도 맛있었나 보다. 아오이는 부끄러워하면서 '칭찬이 과해요'라고 했지만 정말 기뻐 보였다.

어느덧 시각은 8시를 넘어가고 있다. 슬슬 씻을 시간이다.

"루미, 먼저 씻고 나올래? 설거지는 내가 할 테니까."

"괜찮아요? 좋았어, 아웃치! 같이 씻자!"

"네? 싫어요."

"이렇게 딱 잘라 거절한다고?!"

실망해서 어깨를 내려뜨린 루미. 거절당해서 포기할 줄 알았는데 오뚜기처럼 다시 회복해 교섭을 이어 나간다.

"아, 왜, 같이 씻자. 좋은 추억이 될 것 같지 않아?"

"어차피 또 이상한 생각하고 있잖아요."

"……그 런 생 각 안 하 는 데?"

"왜 그렇게 말해요? 수상해요. 애도 아니고 혼자서 씻어요."

아오이가 절대 같이 씻을 마음이 없나 보다.

하지만 루미의 집념도 상당했다. 한 발짝도 물러서지 않고 물고 늘어진다.

"끙. 어떻게 해야 아옷치를 설득할 수 있을까……. 아, 그렇지."

좋은 생각이 번뜩였는지 루미가 내게로 돌아섰다.

얼굴을 바짝 갖다 대고 올려다보며 말한다.

"유야 오빠~. 아옷치가 씻으러 들어가면, 우리 둘만 남겠네요."

"어? 뭐, 그렇지."

"설거지는 나중에 하고 저와 함께 고양이 영상이나 봐요. 단둘이."

일부러 더 목소리를 달콤하게 내었다. 거기다 왠지 '단둘'이라는 단어를 강조한다. 대체 목적이 뭐지?

의아하게 생각하는데,

"아, 안 돼요. 오빠는 대여 금지예요."

아오이가 대화에 끼어들었다. 어쩐지 초조해한다.

"하지만 아웃치가 씻으러 가면 심심하단 말이야. 유야 오빠하고 사·이·좋·게 시간을 보내도 되잖아. 어차피 저녁 먹기 전에 같이 게임도 했는걸? 이미 대여했다고."

"그, 그건⋯⋯. 으."

아오이의 손이 내 손에 살짝 닿는다. 테이블에 가려서 맞은편에 앉은 루미는 보이지 않는다.

"⋯⋯그러면 루미와 같이 씻을게요."

"아싸! 역시 아웃치는 얘기가 잘 통해!"

루미가 만세를 외치며 기뻐한다. 상대방의 약점을 정확히 파고드는 게 보통내기가 아니다.

쓴웃음을 짓는데 아오이가 비비적비비적 손을 비빈다.

옆을 본다.

아오이가 나를 올려다보고 있었다.

"⋯⋯오빠는 제 약혼자예요. 저 이외의 여자하고 너무 사이좋게 지내면 안 돼요?"

나한테만 들릴 정도의 목소리로 그렇게 말하고는 자리에서 일어났다.

"가요, 루미. 욕실은 저쪽이에요."

"오케이. 갈아입을 옷과 수건만 챙겨서 갈게."

두 사람이 씻을 준비를 하고 욕실로 들어간다.

남은 나는 식탁에 엎어졌다.

"……왜 저렇게 귀엽게 구는 건데."

걱정하지 않아도 나는 오로지 너뿐이야. 바람 따위 절대 안 피워.

그러나 아오이를 불안하게 만든 건 본의가 아니다. 다른 여자는 대할 때는 지금보다 더 조심하자.

그릇을 부엌으로 옮겨 수세미에 주방세제를 뿌린다. 거품을 내고 음식물이 묻은 식기를 닦는다.

집안일을 돕기 전에는 밥을 먹을 때마다 설거지하는 게 귀찮다고 생각했다. 그런데 의외로 재미있다. 깨끗이 씻기는 걸 보면 묘한 성취감이 든다. 혹시 집안일이 적성에 맞나?

그런 생각을 하는데 욕실 쪽에서 분명치 않은 목소리가 들려왔다.

「오오! 아웃치, 가슴 대빵 크다!」

"풉!"

너무 갑작스러운 '가슴'이란 단어에 나도 모르게 뿜을 뻔했다.

「루, 루미. 그렇게 뚫어지게 보지 말아요.」

「옷 입었을 때도 큰 건 알았지만, 직접 보니 존재감이 다르다!」

「크, 큰 소리로 말하지 마요! 오빠한테 들리겠어요!」

응. 다 들려. 그리고 나도 지난번에 욕실로 돌격했을 때

봐 버렸으니까 알아.

그때의 광경이 선명하게 되살아나면서 볼이 확 달아오른다.

「치사해, 아웃치! 나한테 좀 나눠 줘!」

「히익! 그렇게 난폭하게 만지면 안 돼요!」

「뭐야, 어떻게 이래?! 엄청나게 부드러운데 탄력이 있어!」

「웃……. 정말! 뭐 하는 거예요!」

……음. 못 들은 거로 하자.

평소보다 물줄기를 세게 나오게 하려고 수도꼭지를 더 크게 틀었다. 흘러내려 가는 수돗물 소리가 여고생들의 적나라한 대화를 막아 준다. 이제 대화 소리가 안 들리겠지.

"하여간……. 내가 남자라는 사실을 잊은 거 아니야?"

푸념하며 그릇에 낀 거품을 헹구었다.

설거지를 잽싸게 끝내고 소파에 앉는다.

예능 방송을 보며 쉬고 있는데 욕실에서 또다시 목소리가 들려왔다.

반사적으로 소리가 나는 쪽을 보고 만다. 이번에는 무슨 얘기를 하는 거지?

「오! 귀여워, 아웃치!」

「부, 부끄럽다니까요.」

「그래도 괜찮은데? 오빠도 무조건 설렐 거야!」

「그, 그래요……?」

「내가 장담해! 귀엽고 섹시하니까!」

「음……. 기뻐해 줄까요?」

「그럼! 아웃치의 매력으로 정신 못 차리게 만들어 버려!」

……섹시? 정신 못 차리게 해?

뭘 하려는지는 모르겠지만, 이것만은 알겠다. 루미가 아오이를 꼬드겨서 이상한 짓을 꾸미고 있다.

「자, 자, 아웃치! 오빠한테 보여 주러 가자!」

「자, 잠깐만요! 아직 마음의 준비가……!」

덜커덕!

욕실 문이 힘차게 열리고 루미가 나왔다. 이미 잠옷으로 갈아입고 머리도 말렸다.

뒤이어 아오이가 욕실에서 나왔다.

"어?"

나도 모르게 놀란 음성이 새어 나왔다.

어째선지 아오이가 와이셔츠를 입고 있다. 평소에 내가 출근할 때 입는 셔츠다.

당연하게도 사이즈가 맞을 리 없다. 헐렁헐렁하다. 소매가 남아서 손이 쏙 숨어 있다.

그러나 가슴 부근만은 빵빵했다. 두 개의 산이 봉긋하게 부풀어 있다.

시선이 더 아래로 내려간다. 잠옷은 안 입고 있다. 짧은 바지를 입고 있을지도 모르지만, 그것조차 셔츠에 가려서 아무것도 입지 않은 것처럼 보인다.

형광등 빛을 튕겨 내는 반들반들한 허벅지. 발그레해진 무릎. 그리고 쭉 뻗은 예쁜 다리. 루미가 귀엽고 섹시하다고 했던 의미를 잘 알겠다……. 아니. 이건 섹시하기보다는 야하다고 생각한다.

아오이가 머뭇머뭇하면서 나를 힐끔 본다. 볼의 홍조는 분명 씻고 나와서 생긴 게 아니리라.

"저기……. 오빠, 이런 거 좋아해요?"

응석 부리는 듯한 목소리가 아오이의 윤기 나는 입술에서 새어 나온다.

옆에서는 루미가 '아웃치의 남친 셔츠 모습에 흥분했죠? 제가 코디한 거예요'라며 우쭐해했다.

"그, 남자들이 이런 걸 좋아한다고 루미가……. 정말로 설레요?"

설레. 눈을 어디에다 둬야 할지 난감할 정도로 너는 몸매가 좋아. 나를 유혹하지 말아 줘.

……이런 말을 어떻게 하냐!

나는 '콜록' 헛기침했다.

"이 녀석, 일할 때 입는 옷인데 장난치면 못쓰지. 장난치지 말고 얼른 잠옷으로 갈아입고 와."

"아……. 그, 그러네요. 미안해요."

사과한 후, 아오이가 루미를 향해 울먹이며 입을 뻐끔뻐끔한다. '기뻐하기는 뭘 기뻐해요!'라고 얼굴에 쓰여 있다.

시무룩해진 두 사람은 옷을 갈아입으러 갔다.

리모컨을 손에 든다. TV 전원을 끄고 요란하게 탄식했다.

"하아……. 이건 진짜 반칙이지."

저런 모습으로 우물쭈물하면 당연히 설레지.

소파 등받이에 기대 깊게 심호흡한다.

심장의 고동이 진정됐을 즈음, 나는 약간 반성했다.

아오이는 나를 기쁘게 해 주려고 그런 차림을 한 것이다. 너무 매정하지 않았나 싶다.

그나저나…… 남친 셔츠의 파괴력은 실로 엄청났다. 조금 전에 루미가 추천했다고 했지.

"……갸루의 연애 기술, 대단하네."

나는 아오이의 남친 셔츠가 머릿속에서 계속 떠나질 않아서 괴로움에 몸부림쳤다.

◆

아오이와 루미는 씻은 뒤에 자러 가지 않고 소파에 앉아 수다를 떨기 시작했다. 내가 씻고 나올 때까지 여전히 떠들썩하다.

"오빠, 좀 들어 봐요. 루미가 정말 웃겨요. 체육 시간에 축구 할 때 자살골을 넣었대요, 글쎄. 맞죠, 루미?"

"공격 방향을 모르겠는 거야. 알지? 나, 방향치인 거."

"후후. 그냥 규칙을 모르는 게 아니고요?"

"뭘 모르네, 아웃치. 자고로 인생은 규칙보다는 흥이 중요한 거야."

"체육 수업에 인생관을 갖다 대지 말아요."

아오이와 루미가 학교에서 있었던 일을 즐겁게 얘기하고 있다.

나는 두 사람의 이야기를 듣기만 하고 있다. 대화에 끼기보다는 즐겁게 떠드는 둘의 웃는 얼굴을 보는 게 더 즐겁기 때문이다.

시간이 쏜살같이 흐른다.

휴대폰으로 시각을 확인하니, 밤 10시를 넘어가고 있었다.

평소라면 아오이가 곧 자러 들어갈 시간인데……. 모처럼의 잠옷 파티다. 내일은 일요일이니 밤늦게까지 놀아도 되겠지.

자리에서 일어서니, 두 사람이 함께 내 쪽을 본다.

"나는 이제 잘게. 시간이 늦었으니까 너무 시끄럽게 하면 안 된다?"

"네. 잘 자요, 오빠."

그렇게 말하고는 아오이도 자리에서 일어났다.

"루미, 제 방으로 가요. 여기에 있으면 오빠한테 떠드는 소리가 들릴 거예요."

"오, 뭐야, 뭐야. 오빠한테는 말 못 할 비밀 얘기라도 하려고?"

"아뇨. 루미의 목소리가 시끄러워서 장소를 옮기는 것뿐이에요."

"너, 너무하지 않아?!"

"그렇잖아요. 맨날 우렁차잖아요."

"뭐야, 못됐어! 복수로 아웃치의 방을 여기저기 뜯어 봐주겠어!"

루미가 활기차게 '오빠, 잘 자요!'라는 말을 남기고 재빨리 아오이의 방으로 향했다.

"아이참! 왜 그렇게 되는 건데요!"

아오이가 당황해서 일어났다.

문득 조금 전에 두 사람이 씻고 나왔을 때가 생각났다.

"저기……. 오빠. 이런 거 좋아해요?"

"아오이."

루미를 쫓아가는 아오이를 부른다.

아오이가 멈춰서서 뒤돌았다. 마치 TV 샴푸 광고처럼 가는 머리카락이 원심력에 찰랑한다.

"오빠, 왜요?"

"아까 남친 셔츠 입은 거 말이야……. 진짜 귀여웠어. 두근거렸어."

본심을 전하니, 아오이의 얼굴이 발그레 물든다.

"기, 기습 공격은 비겁해요. 바보."

"미안. 그때는 루미가 있어서 말 못 했어."

"……고마워요. 그럼, 잘 자요."

잰걸음으로 방으로 향하던 아오이가 방 앞에서 우뚝 멈춘다.

"다음에는 더 두근두근하게 해버릴까요……. 농담이에요."

아오이가 뒤를 돌아 수줍어한다.

"푹 쉬어요, 오빠."

그렇게 말하고는 방으로 들어갔다.

나는 머리를 긁적였다.

"심장이 몇 개 있어도 모자라……!"

이거보다 더 두근거리게 해 준다니, 남친 셔츠도 꽤 아슬아슬했거든?

그것보다 더 과감한 모습을 한다면……. 이런. 상상하지 말아야 하는데 나도 모르게 망상을 걷잡을 수 없다.

"음……. 자자."

나는 거실 불을 끄고 내 방으로 갔다.

……그리고 그날은 괴로움에 몸부림치며 잠을 설친 건 말할 것도 없다.

◆

날짜가 바뀌고 일요일 아침을 맞이했다.

아오이와 루미는 외출 준비 중이다. 듣자니, 역 앞의 디저트 가게를 돈다나. 어제도 케이크를 먹었는데 또 단것을 먹으러 나간다니, 이이즈카 씨의 조언은 아주 정확했던 모양이다.

"오빠. 집 잘 보고 있어요."

아오이가 운동화를 신고 발끝을 톡톡 때리며 말했다.

"점심 말인데요. 요리할 거면 찬밥이 있으니까 볶음밥 해 먹는 걸 추천해요. 즉석 카레도 있는데……. 밥 먹는 게 싫으면 파스타도 있으니까 구미가 당기는 거로 먹어요. 하지만 컵라면은 건강에 안 좋으니까 안 돼요."

"아, 알았어. 알아서 만들어 먹을 테니까 걱정하지 마."

루미 앞에서 잔소리하지 말아 줘. 부끄러운 것도 부끄럽지만, 루미가 금세 놀려 대니까.

아니나 다를까, 루미가 나를 보고 히죽대고 있다.

"꺄. 유야 오빠, 사랑받네요~."

"루미. 어른을 놀리면 못써."

"아하하, 미안요! 아웃치, 가자, 가자!"

"네. 오빠, 다녀올게요."

"응. 조심하고."

두 사람을 배웅하고 들어왔다. 어제는 시끌벅적했는데 오늘은 집주인을 잃어버린 듯이 조용하다.

세탁기에서 빨래를 꺼내 베란다로 갔다.

빨래를 널면서 크리스마스에 어떻게 할까 고민한다.

"어디에 가지……."

예전과 비교해서 아오이는 솔직해졌다. 가고 싶은 곳을 물으면 대답해 주겠지.

문제는 깜짝 이벤트다.

사원 여행에서 깜짝 이벤트 몇 가지를 해 봤는데 아오이는 전부 기뻐해 주었다. 분명 깜짝 이벤트를 좋아하는 것이리라.

크리스마스 데이트 때도 아오이를 즐겁게 해 주고 싶다. 연상의 약혼자로서 능력을 보여 줄 때다.

아오이가 좋아하는 게 뭘까.

크리스마스 하면, 어떤 연출을 기뻐할까.

고민하는 동안 웃고 있는 나를 발견했다.

좋아하는 사람을 즐겁게 해 주기 위해 이것저것 고민한다.

그것만으로도 행복해질 만큼 나는 아오이를 좋아한다는 걸 실감한다.

"……본인한테 말하면 달콤한 분위기가 될 테니 말할 수는 없지만."

씁쓸하게 웃으면서 마지막으로 수건을 널고 안으로 들어온다.

찬밥이 있다고 했지……. 실력 향상을 위해 리소토라도

만들어 볼까. 잘 만들면 다음에 아오이한테도 만들어 주자.

　또 아오이 생각을 하는 못 말리는 나는 냉장고를 열어젖
혔다.

"잘 먹었습니다."

사원 식당에서 점심을 먹은 나는 식기 반납 카운터에 식기를 두고 사무실로 돌아왔다.

자리에 앉아 휴대폰으로 달력을 확인한다.

크리스마스까지 2주도 안 남았다.

당일에 어디 갈지는 아오이와 의논해서 정했다. 물론 아오이 몰래 깜짝 이벤트도 준비했다. 분명 기뻐할 것이다.

그나저나……. 크리스마스 데이트에 관해 의논하던 중에 아오이가 그런 식으로 응석을 부릴 줄은 몰랐다.

눈을 감고 그때의 대화를 회상한다──.

"아오이. 크리스마스 때 말이야, 바라는 거 있어? 어디 가고 싶다든가, 뭘 하고 싶다든가."

"그러게요……. 수족관은 어때요?"

"오, 괜찮은데. 수족관 좋아해?"

"그것도 있는데요……. '수족관 데이트로 남자 친구와 급진전!'이라고 잡지에 쓰여 있었거든요. 오빠와 더 사이좋아지고 싶어서요."

"그렇구나……. 그 말은 나와의 거리가 좁혀지지 않았다는 뜻?"

"그, 그럴 리가요! 좁혀졌죠……. 심술부리지 말아요."

"아하하. 놀려서 미안. ……왜 그래? 얼굴이 빨간데?"

"……수족관 데이트를 하면서 지금보다 더 친밀해지고 싶다는 의미였는데."

"어?"

"그, 그러니까요! 오빠하고 좀 더 러브러브 해지고 싶다고요……. 이런 말 하게 하지 마요. 바보."

——떠올리기만 해도 부끄러운 대화였다.

정말이지, 귀여워서 이성을 잃을 뻔했지만, 나도 성인 남성이다. '나도 아오이와 같은 마음이야'라고 웃는 얼굴로 대답하고 정신을 차렸다.

……잠깐만? 잘 생각해 보니, 나도 꽤 팔불출 아닌가? 이제 와서 쑥스럽다만…….

수치심에 괴로워하는데 옆자리의 치즈루 씨가 말을 걸어왔다.

"유야, 휴대폰을 뚫어지게 보면서 뭐 해?"

"아, 그냥 개인적인 일정을 확인하고 있었습니다."

"개인적인 일정? 아아, 데이트 말인가."

"어떻게 치즈루 씨가 그걸……. 왠지 요즘 하는 것마다 다 들키는 것 같네요."

"후후. 그렇지. 크리스마스는 아오이와 보내려고?"

"네. 마침 휴일이기도 하니까 낮에 외출할까 해서요."

"그렇구나. 알찬 하루를 보내면 좋겠네. 나도 크리스마스가 기다려져."

"네?"

치즈루 씨의 한마디에 놀란다.

크리스마스는 커플의 마음을 설레게 하는 큰 이벤트다. 만나는 사람이 없는 치즈루 씨가 크리스마스를 기다려진다니 희한하다.

설마…… 남자 친구가 생긴 건가?

내가 입사했을 때부터 쭉 남자 친구 모집 중이었던 치즈루 씨가 드디어……. 뜻밖의 기쁜 소식에 어쩐지 나까지 행복해진다.

"혹시, 치즈루 씨도 크리스마스에 데이트하시나요?"

"응. 이이즈카하고."

"이이즈카 씨라면……. 아, 그런 거였어요?"

그렇군. 이이즈카 씨와 둘이 여자끼리 만나서 논다는 의미였나.

"즐거우시겠어요. 순간, 마음에 있는 남자분과 일정이 있는 건가 생각했는데 말이죠."

"그쪽도 버리긴 아깝지만, 여자끼리 마시는 게 편하고 재미있어. 회사에서는 말 못 하는 얘기도 많이 할 수 있고."

"아하하. 1년을 마무리하는 스트레스 발산 같은 거네요."

"그렇지. 매년 크리스마스에는 이이즈카와 같이 마시러 가는 게 연례행사가 됐지. 남자 친구 없는 사람끼리 술에 절을 정도로……. 하? 지금 내 남자 친구는 맥주나 어울린다고 말하면서 무시했지?"

"그런 말 안 했거든요?"

갑자기 환청과 피해망상 콤보를 먹었다. 가드 불가능 상태다.

"흥. 됐어, 됐어. 내게는 기대되는 나의 크리스마스가 있으니까……. 아, 이이즈카. 잠깐 시간 있어?"

치즈루 씨가 지나가는 이이즈카 씨를 불러 세우며 손짓했다.

"네. 무슨 일이세요?"

"방금 크리스마스 얘기를 하고 있었어. 올해는 어디서 마시고 싶어? 이이즈카의 희망 사항을 말해 봐."

"아, 그거 말인데요……. 죄송해요, 언니!"

이이즈카 씨가 합장하며 미안하다며 사과했다.

"크리스마스에 볼일이 생겨서요. 올해는 언니와 같이 못 마실 것 같아요."

나는 알아차리고 말았다……. 이이즈카 씨의 얼굴이 희미하게 웃고 있는 걸.

저 미소는 크리스마스를 기대한다는 가장 큰 증거다. 즉, 이이즈카 씨에게 만나는 사람이 생긴 거다.

나조차도 놓치지 않았다. 관찰력이 뛰어난 치즈루 씨도 놓치지 않았을 터.

"그 행복한 듯한 눈부신 미소……. 이이즈카, 혹시……!"

"네. 남자 친구 생겼어요~."

이이즈카 씨가 '얼마 전에 고백받았어요'라며 수줍어하며 웃는다.

그 순간, 치즈루 씨의 눈에서 빛이 사라졌다. 평소에는 맑고 검은 눈이 지금은 혼탁해졌다.

"이 배신자! 매년 나하고 술에 빠지는 크리스마스 데이트를 해 왔으면서……. 너무해! 나와는 그냥 엔조이였구나?!"

"치즈루 씨! 다른 사원이 오해하겠어요!"

나는 당황해서 말렸다.

하여간. 연애와 나이 얘기만 나오면 금방 흥분한다니까.

"어쩔 수 없죠. 이이즈카 씨에게 남자 친구가 생기신 걸 축하해 드리자고요."

부드럽게 어르니, 치즈루 씨가 '……그래. 이성을 잃어 미안'이라며 가까스로 웃는 얼굴로 돌아왔다.

"축하해, 이이즈카. 크리스마스 데이트, 즐기고 와."

"언니…… 고맙습니다! 유야도 땡큐!"

행복해 보이는 이이즈카 씨가 '실례할게요'라는 말을 남기고 경쾌한 발걸음으로 자리로 돌아갔다.

그에 반해 치즈루 씨는 죽은 생선 눈을 하고 있다. 치즈루 씨 주변만 눈보라가 치는 듯이 춥다.

"치즈루 씨. 괜찮으세요?"

"……아무렇지 않다, 뭐. 크리스마스는 집에서 키우는 구피와 보낼 거니까."

열대어에게 먹이를 주면서 크리스마스이브를 저주하는 치즈루 씨의 모습만 상상된다. ……지지 마세요, 치즈루 씨! 크리스마스는 보내는 방법은 각자 다르기 마련이죠! 구피, 저도 좋아해요!

……이렇게 말하며 위로하고 싶지만, 크리스마스에 데이트하는 내가 뭐라고 해도 역효과만 날 뿐이다. 뭐라고 위로해 드려야 하지.

"나, 크리스마스가 싫어."

"기운 내세요. ……그렇지. 아오이네 어머니께서 오스트레일리아산 와인을 보내 주셨는데, 괜찮으시면 한 병 드릴게요."

달래니, 치즈루 씨가 울먹거리며 나를 보았다.

"유야…… 마음대로 안 되는구나, 인생이란 녀석은."

네. 그 멋진 말, 지금 상황에는 안 맞는다고 생각해요.

"그러게요……. 인생은 항해와 같다고 하니까요."

그럴싸한 말로 동조하며 치즈루 씨의 기분이 풀릴 때까지 이야기 상대를 해 줘야 했다.

◆

퇴근길에 나는 머릿속으로 데이트 계획을 확인했다.

수족관의 층별 안내서는 이미 외웠다. 식당도 어디 갈지 생각해 놨다. 관내에서 에스코트로 실패할 일은 없을 것이다.

그리고 가장 중요한 깜짝 이벤트의 방침은 '어디서 뭘 해야 아오이의 미소를 볼 수 있을까'이다. 이것뿐이다.

맨 처음에는 관내에서 뭘 해 줄까 생각했으나 그건 영 재주가 없어 관뒀다. 수족관 말고 다른 곳에서 아오이를 놀라게 해 줄 예정이다.

"······좋았어. 준비는 완벽해."

이렇게 데이트 계획을 생각하는 것만으로도 행복해진다. 벌써 크리스마스가 기대된다.

설레는 마음으로 주택가를 걸어 집까지 갔다.

우리 집 202호의 문을 연다.

"다녀왔어."

인사를 했는데 대답이 없다.

평소에는 마중 나와 주는데······ 요리하고 있나?

안으로 들어가니, 아오이는 의자에 앉아 공부 중이었다. 내 목소리에 반응하지 않은 이유는 귀에 이어폰을 꽂고 있기 때문이겠지.

"아오이. 나, 왔어."

좀 더 크게 말하니, 아오이가 드디어 나의 존재를 알아차렸다. 이어폰을 빼고 나를 보며 웃는다.

"고생했어요, 오빠. 오는지도 몰라서 미안해요."

"아니야. 공부하고 있었지?"

"네. 기말고사 때문에요."

"그렇구나. 아오이는 공부도 열심히 하고 대단하네."

"그, 그렇지는……. 크리스마스 데이트가 있으니까 열심히 하는 것뿐이에요."

그렇게 말하고 아오이가 수줍은 듯 웃었다.

또, 또 그런다……. 순간 그런 생각이 들었지만, 내가 일을 열심히 하는 것과 비슷한 이유였다. 이런. 나도 무의식적으로 내비치고 있는 건가.

"오빠, 왜 그래요?"

"아니야, 아무것도. 근데 무슨 과목 공부하고 있었어?"

"현대문(現代文)*이요. 수업 시간에 배운 걸 복습하고 있었어요."

"현대문이라. 내가 가장 못했던 과목이네……."

문장을 읽는 것 자체는 힘들지 않다. 독서는 예나 지금이나 좋아한다.

---

* 교과 과목의 일종으로 말의 성립이나 문장의 구성을 배우고 문장 속의 정보를 이해하거나 표현하는 힘을 기르는 과목.

하지만 그것과 현대문의 성적은 별개다. 밑줄 친 부분의 의미를 대답하는 다지선다형 문제에서는 선택지 두 개까지는 좁혀도 기어코 틀린 답만 골랐더랬지.

"그랬군요……. 그럼, 시험 삼아 이 현대문 문제를 풀어 봐요."

아오이가 장난기 어린 미소를 디며 문제집을 내밀었다.

이익. 나를 놀릴 셈이로군?

좋았어. 후딱 풀어서 복수해 주겠어.

문제집을 받아 들고 문제의 지문을 훑는다.

이건…… 나쓰메 소세키가 쓴 유명한 소설의 한 부분이군.

문제는 '밑줄 친 문장을 읽고 이때 저자의 감정에 가장 가까운 것을 다음 선택지에서 고르시오'라…….

이 문제는 선택지를 소거해 두 개까지는 좁힐 수 있을 듯하다. 틀림없이 2번이나 3번이 정답인데.

"2번…… 아니, 3번!"

"땡. 정답은 4번입니다."

"4번?! 생각도 안 했는데…….'"

"아하하. 안타깝네요."

즐거운 듯 웃는 아오이. 천진난만해서 귀엽지만 좀 분하다.

분하다고 해도 선택지를 좁힌 시점에서 틀렸지만. 나, 현대문 과목 진짜 못 하는구나.

"오빠는 제 마음을 헤아리는 건 잘해도 저자의 감정은 모르는군요."

"윽……. 저자의 감정 같은 건 몰라도 돼. 아오이의 마음
만 알면."

"그, 그렇기는 하지만……. 갑자기 이상한 소리 하지 말아
요. 바보."

아오이가 얼굴을 붉히며 시선을 피했다.

이상한 소리? 나, 틀린 말 안 했지?

"근데 의외예요. 완벽하게 보이는 오빠한테도 약점이 있
었네요."

"당연히 있지. 이과 과목은 잘하는데……."

"그렇군요. 대학도 이학부였나요?"

"응, 맞아. 아오이는 졸업 후의 진로라든가 정했어?"

아오이는 내년에 수험생이다. 야무진 아오이의 성격에 공
부를 열심히 하는 건 장래를 위한 거겠지. 성적도 우수하고
어쩌면 지정 학교 추천을 노리는 건지도 모른다.

그렇게 생각했는데 아오이는 고개를 좌우로 흔들었다.

"아뇨, 진로는 아직 안 정했어요. 대학교에 진학하고 싶기
는 한데 어떤 학부를 지원할지는 고민이에요."

"그렇구나……. 진학 학부는 중요하니까 신중히 골라야
한다고 생각해. 그래도 초조하다고 급하게 정할 필요는 없
는 것 같아."

"그, 래요……?"

"응. 아직 시간이 있잖아. 우선 본인이 어떤 분야에 흥미가 있는지 탐색해 봐. 그리고 고민이 있으면 나한테 의지해도 되고. 아오이가 하고 싶은 걸 찾을 때까지 최대한 도와줄 테니까."

"오빠……. 후후. 고마워요."

아오이가 '선생님 같아요'라며 웃었다.

"아하하. 네 말대로 진로 지도하는 것처럼 돼 버렸네. 그래도 생각하기에 따라서 지금 상황은 굉장히 좋다고 생각해. 꿈을 마음대로 고를 수 있으니까."

"꿈……. 저도 없을 리가 없죠."

"뭐야, 역시 있었네. 뭐가 되고 싶은데?"

그렇게 묻자 아오이가 머뭇거리며 조용하게 한마디 했다.

"……오빠의, 신부요."

하?

어? 지금 뭐라고. 신부……?!

순간적으로 말문이 막혀 묘한 침묵에 휩싸인다.

아오이의 얼굴이 순식간에 빨개진다. '시, 신부가 뭐 어때서요!'라고 하고 싶은 표정이다.

아니, 응. 나도 아오이가 내 신부가 되어 주면 좋겠다고 생각해.

근데 내가 말한 꿈은 그런 의미가 아니라…….

"……사회적 진로를 말한 건데."

"아, 저, 저도 알아요! 오빠가 '진로'가 아니라 '꿈'이라고 해서 그래요!"

아오이가 '아이참! 바보, 바보!'라면서 내 어깨를 토닥토닥 때렸다.

"이것만 정리하고 저녁 차릴 거예요!"

그 말을 남기고 아오이는 공부하던 걸 가지고 방으로 들어갔다.

"왜, 왜 혼난 거지……?"

'나도 아오이의 남편이 되는 게 꿈이야'라고 말하면 아오이도 난감할 텐데……. 모르겠다. 어디서 잘못한 거지? 설마 이게 세대 차이라는 건가? 아니면 내가 소녀의 마음을 몰라주는 건가?

"하아……. 연하 약혼자, 참 어렵다."

답을 알 수 없어 한숨만 쉬었다.

◆

그다음 주, 아오이는 무사히 기말고사를 마쳤다.

전 교과목의 평균은 무려 90점. 전에 잘 못 한다던 고전문학도 87점을 받았다. 본인이 어려워하는 분야도 열심히 공부해서 성과를 낸 건 굉장하다고 생각한다.

아오이의 성적 결과를 료코 아줌마께 전화로 알려 드리

니, 매우 기뻐하셨다. '역시 아오이야. 유야, 공부 열심히 해서 시험 잘 봤으니까 상으로 등이라도 씻겨 주렴'이라고 말씀하셔서 기를 쓰고 거절했다. 아줌마는 왜 우리를 같이 못 씻게 하셔서 안달인지…….

그리고 아오이의 진로 건도 상담하니, 아줌마도 나와 거의 같은 의견이었다.

내년에는 아줌마와 의논하면서 아오이의 진학 준비를 돕자.

분명 나만이 할 수 있는 일이고 아오이의 행복과 연결되는 일이니까.

며칠이 지나고 크리스마스 당일을 맞이했다.

채비를 끝낸 나는 소파에 앉아 아오이를 기다린다. 아무래도 데이트할 때 뭘 입을지 고민하는지 방에서 좀처럼 나오질 않는다.

시각은 오후 1시를 넘어서고 있다. 오늘 하루 일정을 생각하면, 곧 나가야 할 시간이다.

잠시 뒤, 아오이의 방문이 천천히 열린다.

"오빠. 오래 기다렸죠."

"괜찮아. 마음 쓰지 마. 다 입었어?"

"네, 네. 저기……. 어, 어때요?"

아오이가 불안한 듯 본인의 복장을 신경 쓴다.

차분한 색상의 코트를 걸치고 안에는 스웨터를 입었다.

아래는 롱스커트다.

평소에도 어른스러운 옷을 입지만, 오늘은 한층 더 어른스러워 보인다. 대학생 느낌이 난다.

"그 옷, 멋지다. 정말 잘 어울려."

"저, 정말요?"

"응. 엄청나게 귀여워."

"귀여워요?"

내가 칭찬을 잘못했는지 아오이가 어딘가 불만스러워 보인다.

"그…… 성인처럼은 안 보여요?"

"어?"

"오빠가 어른스러우니까 저도 조금이라도 성인처럼 보이고 싶어서……. 오빠에게 어울리는 여자가 되고 싶단 말이에요."

아오이가 쑥스러워하며 그렇게 말하고는 배 쪽에서 손가락을 만지작거린다.

저 동작, 너무 귀엽잖아.

……이런, 너무 '귀엽다'고만 하는 것도 좋지 않겠어. '어린애 취급 하는 거죠!'라며 혼날라.

"오해하게 해서 미안. 방금은 '귀엽다'라고 한 말은 애 같다는 의미가 아니었어."

"정말요?"

"응. 아오이가 점점 더 좋아진다는 의미였어."

"네?!"

기습 공격에 약한 아오이가 뺨을 붉게 물들이고 허둥지둥하기 시작했다.

"그렇게 입으니까 되게 어른스러워 보여. 두근거렸어."

"너, 너무 칭찬하지 마요……."

"뭐가 어때서. 진심인걸."

"아, 안 돼요. 이제 칭찬 금지예요."

"아하하. 아오이 얼굴 새빨갛다."

"바보."

새빨개진 얼굴을 가리기 위해선지 아오이가 내 허리에 팔을 둘러 살포시 안아 왔다. 내 가슴에 얼굴을 묻으며 '으' 하고 작게 신음한다.

"아오이?"

"스톱, 해요."

"칭찬, 그만해?"

"네. 이 이상 칭찬을 들으면 얼굴이 뜨거워져서 폭발하고 말 거예요."

그 이론이라면 이미 예전에 몇 번은 폭발했어야 하는 거 아닌가 싶다.

그보다 껴안아 놓고 이러는 건 아니지. 이렇게 달라붙으면 더 얼굴이 빨개지는 거 아니야?

……어이쿠, 달라붙어 있을 시간이 없다. 슬슬 출발하지 않으면 집에 오는 시간이 너무 늦어질 것이다.

"아오이, 이만 갈까?"

"……요."

"응? 뭐라고?"

다시 물으니 아오이가 고개를 들었다.

아오이의 촉촉한 눈망울에 난감해하는 내가 비친다.

"조금만 더요, 이렇게 있고 싶어요……. 안 돼요?"

"음, 안 되는 건 아니지만……."

"유야 오빠를 안고 있으면 안심이 돼요."

달콤한 목소리로 그렇게 말하며 아오이가 내 가슴에 얼굴을 쓱쓱 비비적거렸다. 마치 보호자에게 애교 부리는 강아지 같다.

이 응석꾸러기가……. 못 말린다니까. 오늘은 아오이의 응석이 멈추지 않을 듯하다.

"알겠어. 그러면 조금만이다?"

"네. 따뜻해요, 오빠."

"응. 그러게……."

아오이의 애교에 굴복한 나는 얼마나 멍청한 얼굴을 하고 있을까.

이번에는 내 얼굴을 보이기가 부끄러워져서 눈을 돌렸다.

◆

목적지인 수족관은 집에서 가까운 역에서 여섯 정거장 정도 떨어진 곳에 있다.

전철을 타니, 한 자리가 비어 있었다. 아오이를 앉히고 그 앞에 내가 선다.

아오이가 신기해하면서 내 얼굴을 바라보고 있다.

"왜?"

"아뇨. 이렇게 오빠를 올려다보는 게 신선해서요."

"그래? 키 차이도 있으니까 항상 올려다보지 않아?"

"익. 저, 그렇게 작지 않거든요?"

볼을 부풀리며 가슴을 펴고 반박하는 아오이. 출렁 흔들리는 가슴을 보고 나도 모르게 시선을 피했다.

"……작지는 않을지도."

"그렇죠? 저, 커요."

'올해도 1cm 컸다고요'라며 아오이가 의기양양하게 말했다.

아오이는 분명 키에 대한 말하고 있을 텐데, 가슴 얘기로밖에 안 들린다.

시답잖은 생각을 하는데 아오이의 시선이 내 배에 고정된 것을 알아차렸다.

내 배를 저렇게 열심히 보면서 무슨 생각을 하는 걸까.

……설마 '살쪘다'?

가능성 있다. 아오이와 같이 살기 시작한 뒤로 먹는 양이 확실히 늘었다. 아오이가 만들어 주는 요리가 너무 맛있기 때문이다.

건강검진 외에 몸무게를 잴 기회는 없다. 나도 모르는 새에 살이 찌는 것도 충분히 있을 수 있다.

어쩌지. '부주의하네요. 건강을 챙겨야죠' 같은 말로 잔소리하려나……. '아저씨 몸매가 된 유야 오빠, 멋없어요'라는 말을 들으면 나, 운다?

조마조마해하는데 아오이가 주뼛주뼛 손을 앞으로 내밀었다.

"아오이? 뭐 해?"

"실례할게요……. 에잇."

쿡, 쿡.

아오이가 내 배를 손가락으로 찔렀다.

간지러워서 반사적으로 몸을 꼰다.

"뭐, 뭐 하는 거야?!"

"그렇게 먹는데도 살이 안 찐다 싶어서요."

"정말? 안 쪄서 다행이다……. 이게 아니라, 손가락으로 그만 찔러."

"하지만 남편의 건강을 관리하는 건 아내의 중요한 일이라고요."

"무슨……!"

지금 나더러 남편이라고 했어?!

게다가 본인을 아내라고……. 결혼하려면 아직 멀었는데 벌써 신혼부부처럼 말하고 있는데요.

갑작스러운 남편 발언 공격을 먹고 볼이 확 열기를 띤다.

공공장소에서 이러지 않아도……. 아니, 그보다 비만인지 아닌지 알아본답시고 배는 왜 찔러? 찌르면 알아?

긴장한 나를 두고 아오이가 다시 배를 찔러 댔다.

"오빠, 복근이 딱딱하네요. 저 몰래 운동해요?"

"우, 운동 안 해. 그리고 그만 찔러……."

"하지만 이거 봐요. 복근이 갈라져 있는 거 아니에요? 역시 아내 몰래 운동하는 거죠. 건강을 위해 노력하는 남편은 근사하다고 생각해요."

아오이는 어디까지나 진지하게 나의 건강을 확인할 뿐인 듯하다. 진지한 얼굴로 내 배를 계속 찌른다.

옆에 앉은 여성이 우리를 보고 키득키득 웃는다.

그만해, 아오이! 부끄러워 죽겠어!

그러나 아오이는 전혀 그만둘 생각이 없다. 뭐야, 이거. 벌칙 게임이야? 치즈루 씨가 짠 깜짝 카메라는 아니겠지?

이러저러하다 보니 어느새 정차역을 알리는 방송이 흘러나왔다.

"아오이. 슬슬 내릴 준비해."

"벌써 다 왔어요? 순식간이네요."

손길을 멈추고 창밖을 보는 아오이. 드디어 해방됐다…….
배 찌르기는 이제 지긋지긋해.

나는 아오이보다 먼저 문 쪽으로 이동했다.

전철이 속도를 서서히 낮춰 경치의 흐름이 점점 또렷해진다.

어……. 이제 내려야 하는데 아오이가 안 오네.

아오이가 앉아 있던 자리를 보지만, 거기에는 없었다.

"설마……."

불안해하며 뒤를 돌아본다.

아오이가 정반대 방향 문 앞에 서서 손잡이를 잡고 있었다.

그쪽 문은 안 열려. 이쪽이야.

……그렇게 말해 주기 전에 전철이 선다. '푸쉭'하는 소리
와 함께 내가 선 쪽의 문이 열렸다.

"어? 아……!"

이제야 본인의 실수를 깨달은 아오이가 내 옆으로 종종걸
음으로 다가왔다. 볼이 살짝 발그레 물들어 있다.

평소에는 야무진데 열리는 문을 착각하다니……. 그 갭에
절로 미소가 지어진다.

승강장에 내려 계단을 오른다. 계단을 오르는 내내 아오
이는 말이 없었다.

개찰구를 통과해 역을 나온다.

그제야 아오이가 한마디 소곤거렸다.

"……제가 내리는 방향 착각한 거, 루미한테는 비밀로 해

줘요."

"알겠어. 아줌마한테만 말씀드릴게."

"아이참! 못됐어요!"

어깨를 도닥도닥 때린다. '역시 오빠는 저를 아이 취급 하는 거죠!'라며 성을 낸다.

음. 반응이 너무 귀여워서 무심코 놀리게 된단 말이지.

"미안, 아오이. 그렇지, 손잡자. 사원 여행에서 약속한 거, 기억해?"

"기억하지만, 이런 거로 용서 안 해 줄 거예요."

"내가 잘못했어. 그러면 손은 잡지 말자."

"익! 왜 이렇게 짓궂어요!"

이번에는 등을 찰싹찰싹 때렸다. 반응하는 종류가 매우 다양하다. 귀여움의 영구(永久) 기관이냐고.

내가 살포시 아오이의 손을 잡았다.

"미안, 농담이었어. 실은 나도 손잡고 싶었어. 괜찮지?"

"……기습하는 건 비겁해요. 바보."

"기습이라니. 제안 먼저 했잖아."

"저는 승낙 안 했거든요. ……손, 놓으면 안 돼요."

"응. 이제 장난 안 칠게."

"……그러면 용서해 줄게요."

그렇게 말하고는 내 손을 잡아 주는 아오이. 말투는 약간 토라진 느낌이지만, 어렴풋이 웃고 있는 걸 보니 화난 것 같지는 않다.

"오빠. 수족관 먼저 가는 거죠?"

역에서 도보 5분 거리에 「아쿠아틱 게이트」라는 수족관이 있다. 바다 생물을 감상할 수 있을 뿐만 아니라, 카페와 놀이기구도 있는 거대 시설이다.

수족관 데이트는 둘이 의논해서 정한 계획이다. 우리 둘다 기대하고 있다.

하지만 가장 먼저 가야 할 곳은 수족관이 아니다.

"수족관에 가기 전에 잠깐 어디 좀 들르지 않을래?"

"상관은 없는데……. 어디 가는데요?"

"가 보면 알아. 여기서 걸으면 금방이야."

목적지를 말하지 않고 아오이와 얘기하면서 걷는다.

이 주변은 수족관 외에도 데이트 장소가 아주 많다. 크리스마스인 것도 한몫해서 길에 사람이 많다. 아오이를 놓치지 않게 손을 잡고 길을 나아간다.

"오빠, 이제 어디 가는지 말해 주면 안 돼요? 궁금해요."

"거의 다 왔어……. 아, 여기 같아."

입간판 앞에서 발길을 멈춘다.

아오이가 살짝 쭈그려서 간판의 글자를 읽었다.

"음…… '베어 더 월드'?"

이 건물은 수많은 개인전이 열리는 대관 전용 이벤트 공간이다. 간판에 쓰여 있는 「베어 더 월드」란, 내일까지 진행

되는 이벤트 이름이다.

"이 근방 가게를 알아보다가 우연히 발견했어. 곰 인형 개인전을 하고 있대. 잠깐 구경하다 가지 않을래?"

아오이는 어릴 적부터 외로움을 많이 탔다. 혼자 있을 때는 곰 인형과 논 것을 기억한다.

고등학생이 된 지금도 인형을 좋아하는 건 여전하다. 분명 내가 없어 외로울 때, 베아트릭스에게 말을 걸거나 하겠지. 잠옷 파티 때도 잠꼬대로 인형에게 말을 걸 정도니.

아오이가 '곰 인형!'이라며 흥분해 소리쳤다. 깡충 뛰면서 기쁘게 웃는다.

"그렇군요……. 저를 위한 깜짝 이벤트였네요."

"정답. 기뻐해 줘서 기분 좋다."

"오빠는 대단해요. 저를 이해해 주고 응석도 다 받아 주고. 지금처럼 저를 기쁘게 해 주는 것도 잘하고……. 존경해요."

"가, 갑자기 왜 그래. 너무 비행기 태우지 마. 개인전은 우연히 발견한 거라니까."

"그래도 엄청나게 기쁜걸요. ……부러워요."

"부럽다니?"

"저도 오빠를 기쁘게 해 주고 싶어요. 근데 어떻게 하면 좋을까요?"

아오이가 '오빠가 행복해지는 깜짝 이벤트는……. 끙' 하고 복잡한 얼굴로 신음한다.

아오이가 고민하는 모습을 나는 넋을 잃고 보았다.

내가 행복을 느낄 때……. 그건 아오이가 곁에 있을 때지.

아오이가 손수 만들어 준 요리를 먹으면서 단란하게 얘기하거나, 소파에서 쉬면서 수다를 떨거나, 이렇게 데이트하거나. 하루하루가 행복하다.

어쩌면 아오이가 해 준 최대 깜짝 이벤트는 「7년 만에 나를 만나러 와서 결혼을 전제로 동거해 달라고 한 것」일지도 모른다.

왜냐하면 피곤에 절은 회사원인 나의 행복은 그때부터 시작됐으니까.

깨닫고 보니 아오이의 머리를 쓰다듬고 있었다.

"나를 만나러 와 줘서 고마워."

"네? 무슨 얘기예요?"

눈이 동그래진 아오이의 표정이 웃겨서 나도 모르게 웃고 만다.

"아하하. 아무것도 아니야. 마음 쓰지 마."

"하아. 오빠가 이상해요……. 아, 그렇지!"

아오이가 '결심했어요'라며 득의양양하게 웃었다.

"가까운 시일 내로 오빠에게 깜짝 이벤트를 하겠어요."

"하겠다고 대놓고 말해도 돼? 깜짝 이벤트는 자고로 몰래하는 건데."

"아……. 괘, 괜찮아요. 이래 봬도 깜짝 이벤트에는 정평이 나 있다고요?"

그래 보이지는 않았다. 평상시에는 똑 부러지지만, 방금처럼 허당인 면도 있으니까.

하지만 나를 기쁘게 해 주고 싶어 하는 건 기분이 좋다. 놀리지 말자.

"알겠어. 아오이의 깜짝 이벤트, 기대할게."

"후후. 너무 기대하면 깜짝 이벤트라는 걸 들킬 거예요. 잊고 있어요."

"아하하. 글쎄, 잊을 수 있으려나?"

둘이 웃으면서 건물 안으로 들어갔다.

입구 근처에 목제 테이블이 놓여 있다.

테이블에는 작은 숲 모양 디오라마가 전시되어 있었다.

숲의 한가운데는 밀짚모자를 쓴 작은 곰 인형이 있다. 두 발로 서서 걷는 포즈를 취하고 있다.

밀짚모자 곰 인형 주위에는 어린 곰 두 마리가 있다. 마치 대자연에서 노는 곰 가족을 보는 듯하다.

그러고 보니, 전시회 테마가 '자연에 사는 곰 인형들'이라고 홈페이지에 적혀 있었던 것 같다.

인형만 아니라 세세한 장식에도 공을 들인 특색 있는 전시회 같다.

테이블 구석에 가격표가 붙어 있다. 놀랍게도 생각보다 살 만한 가격이었다. 여기에 있는 작품은 이 자리에서 살 수 있는 건가. 몰랐다.

옆에 있던 아오이가 디오라마에 다가갔다.

"귀, 귀여워어어어어……!"

흥분한 목소리를 내더니, 얼굴을 휙 돌려 나를 본다.

"오빠! 이리로 와 봐요! 엄청나게 귀여워요!"

"응. 같이 보자."

아오이 옆에 서서 인형을 물끄러미 관찰한다. 곰을 한 마리씩 크기와 복장으로 성별과 연령을 표현한 듯하다.

아오이가 밀짚모자를 쓴 곰을 가리켰다.

"곰 가족……. 이게 아빠 곰일까요?"

"아마도, 그럴 거라고 생각해."

"그러면 이 밀짚모자 곰이 유야 오빠네요."

"뭐? 난 이렇게 뚱뚱하지는 않은데……."

"괜찮아요. 듬직한 게 오빠하고 꼭 닮았어요. 그렇죠, 곰 아빠?"

아오이가 말을 건 밀짚모자 곰이 왠지 자랑스러워하는 것처럼 보인다.

……그건 그렇고 갑자기 소꿉놀이를 시작할 줄은 몰랐다. 그만큼 기분이 좋은 거라고 생각해도 되겠지?

아오이가 눈을 반짝거리며 디오라마를 바라본다. 마치 유아기로 돌아간 듯이 천진난만한 표정이다.

"밀짚모자 곰 옆에 있는 게 엄마 곰이겠죠. 그러면 이건

저예요. 다른 한 마리는 우리 아이예요."

"푸읍!"

나도 모르게 뿜을 뻔했다.

잠깐만……. 설마 우리 둘이 결혼해서 아이까지 있는 미래를 상정하고 소꿉놀이를 하는 거야?!

너무 부끄럽다. 밖에서 훅 들어오는 건 자제해 줬으면 좋겠다.

……그렇게 딴지를 걸 겨를도 없이 아오이의 망상은 더더욱 가속한다.

"가족끼리 즐겁게 캠프장에 놀러 간 모습을 표현한 걸 거예요. 저와 오빠가 우리 아이를 데리고 걸으면서……. 아."

'우리 아이'라는 단어가 입 밖으로 나온 순간, 아오이가 뭔가 깨달은 듯 말을 멈추었다. 뺨이 새빨갛게 물들었다.

"그, 그……. 방금은 제가 실언했어요. 잊어 주세요."

작게 말하면서 고개를 숙이고 입을 다물어 버렸다. 어지간히 쑥스러운지 과묵 모드로 돌입했다.

"음……. 아. 이것 봐, 아오이. 저쪽에도 곰이 전시되어 있어. 가 보자."

"……네."

내가 화제를 돌리자, 아오이가 고개를 끄덕였다. 내 옷자락을 잡고 창피해하고 있다.

아이고……. 분위기를 좀 더 바꿀 필요가 있겠어.

"오, 저게 뭐지?! 저기 봐! 풀장이 있어!"

일부러 흥분한 척 말하니, 아오이가 살그머니 고개를 들었다.

"와아……!"

종종걸음으로 달려가 나를 앞지르는 아오이.

다행이다. 조금은 원래대로 돌아온 듯하다.

아오이를 따라가 옆에 선다.

유아용 비닐 풀장 안에 물이 없는 작은 풀장이 떠 있다. 작은 풀장에는 또 곰 가족이 있었다.

이건……. 강으로 놀러 온 일가족을 표현한 건가?

"귀엽죠, 오빠!"

"응. 정말 정교하다."

"네. ……아! 저쪽에도 뭔가 있어요!"

"아오이. 뛰면 위험해."

"괜찮아요! 유야 오빠, 어서요!"

신이 난 아오이와 함께 좀 더 안쪽에 있는 작품을 둘러보았다. 테마에 맞춘 곰 인형이 전시되어 있어서 아오이가 즐겁게 감상했다.

한 바퀴 돌아 다시 출입구로 나왔다.

아오이가 걸음을 멈춘다.

아오이의 시선 끝에는 맨 처음에 본 밀짚모자 곰 가족 작품이 있었다.

"이 작품이, 마음에 들어?"

"네, 가장 좋아요. 귀엽기만 한 게 아니라, 가족의 따뜻한 이야기도 보인다고 할까요."

"안녕하세요."

누군가 불쑥 말을 걸었다.

우리는 소리가 난 쪽을 쳐다보았다.

돌아본 곳에는 빨간 머리의 여성이 서 있었다. 나이는 내 또래 정도려나. 가슴께에 명찰을 단 걸 보니까 전시회 관계자이리라.

내가 '안녕하세요'라며 여성에게 인사한다.

"혹시 스태프이신가요?"

"반은 정답입니다. 스태프 일도 하고 있지만, 여기 있는 작품을 만든 게 저예요."

"네?! 작가님이세요?!"

나보다 먼저 아오이가 흥분해 대답했다.

"네, 맞아요. 제 전시회는 즐겁게 구경하셨나요?"

"네! 정말 즐거웠어요! 곰 인형이 다 귀엽고, 세계관이 굉장했어요. 그중에서도 밀짚모자 곰 작품이 가장 좋았어요."

"정말요? 고마워요. 이 작품이 제 역작이거든요."

"저에게도 최고의 작품이에요! 야생 동물을 주제로 인간 가족의 따뜻함을 느꼈어요……. 인형의 크기나 복장으로 역할을 표현한 것도 인상적이었어요. 정말 귀엽더라고요."

"헤에……. 인형을 정말 좋아하는군요."

"네. 어렸을 적부터 쭉 좋아했어요."

"후후. 귀여우시네요."

갑자기 칭찬받은 아오이의 볼이 불그스름해진다.

"귀, 귀엽다뇨, 그런……."

"오늘은 크리스마스 데이트 중인가요? 남자 친구분도 근사하시네요. 두 분, 잘 어울려요."

"아웃……."

어느 틈엔가 공수가 역전되어 버렸다. 아오이가 눈을 꼭 감고 내 등 뒤로 숨어 버렸다.

"죄송합니다. 여자 친구가 쑥스러움을 많이 타는 성격이라서요……."

"그래요? 어머, 더 귀엽게 느껴지네요."

"아하하……. 근데 전시된 작품은 판매하기도 하시는 건가요?"

"네. 전시 기간에는 인계하기 어렵지만, 전시가 끝나면 자택으로 발송해 드려요."

집으로 보내 준다니 잘됐다. 데이트는 이제 막 시작했다. 짐을 손에 들고 이동하기에는 힘들지.

"아오이. 이 디오라마 정도 크기면, 아오이 방에 놓을 수 있지?"

"아, 네. 놓을 수는 있는데……. 설마 사 주려고요?"

"응. 내가 주는 크리스마스 선물이야. 받아 줄래?"

"유야 오빠……."

아오이가 작은 목소리로 '내가 가지고 싶어 하는 걸 어떻게 알았지'라고 사랑스럽게 소곤거렸다. 당장에라도 애교를 부릴 듯한 귀여운 표정을 짓고 있다.

"고마워요, 오빠."

"별말씀을. 작가님, 이거 주세요."

"구매 감사합니다! 그러면 송장을 쓰셔야 하니까 잠시 이쪽으로 오시죠."

작가가 가게 안쪽으로 들어간다.

따라 들어가니, 아오이가 내 옷자락을 꽉 잡았다.

무슨 일인가 싶어서 뒤를 돌아본다.

아오이가 발돋움하여 내게 귓속말했다.

"좋아해요."

날숨이 섞인 달콤한 말이 귓불을 간지럽혔다.

갑작스레 일어난 일에 사고가 멈춘다.

아오이가 내게서 떨어졌다. 어른스러운 옷차림에 비해 부끄러워하며 웃는 얼굴은 고등학생 그 자체였다.

"크리스마스 선물, 소중히 할게요!"

그렇게 말하며 아오이가 작가가 기다리는 전시회장 안쪽으로 걸어간다.

……기습 공격은 반칙이지. '좋아해요'라는 네 글자의 효

과는 실로 엄청났다. 밖에서는 말하지 말아 주라. 심장이 남아나질 않으니까.

"큭……. 어쩐지 깜짝 이벤트 대결에서 진 기분인데."

달아오르는 뺨의 열기를 느끼며 아오이의 작은 등을 쫓아갔다.

◆

"감사합니다!"

우리는 작가의 배웅을 받으며 전시회장을 뒤로했다.

온 길을 되돌아가는 동안 아오이는 시종 기분이 좋았다.

"흐흐흥~♪ 흐흥, 흐~응♪"

무슨 노래인지 모르겠는 콧노래를 부르는 아오이. 구매한 곰 인형 디오라마가 어디간히 마음에 들었나 보다.

"오빠. 다음은 드디어 수족관에 가네요."

"그러게. 수족관 안에 음식점도 있기는 하다던데, 어쩔래? 먼저 음식점에 가 볼래?"

인터넷에서 보기로는 분위기가 꽤 좋은 세련된 카페였다. 마치 바닷속에 있는 듯한 신비로운 공간으로 남녀노소 불문 즐길 수 있을 것 같다.

"저는 어느 쪽이든 상관없어요. 오빠가 정해도 돼요——."

꼬르르르르륵.

옆에서 배꼽시계가 울렸다.

분명 아오이와 같이 살기 시작한 날에도 지금과 비슷한 일이 있지 않았던가.

나는 그때 일이 기억나 웃음을 참으며 아무 일도 없었다는 듯 대화를 이어 나간다.

"그러면 카페부터 가도 돼? 나, 기대했거든."

"네. 좋아요."

아오이가 시치미 떼면서 나 몰래 배를 문지른다. 마치 '울지 마! 오빠한테 배가 고픈 걸 들키니까!'라고 배에 말하는 것 같다.

잠깐 걸으니, 수족관 앞에 도착했다.

하얀 외관에 「아쿠아틱 게이트」라는 무지개색 로고가 들어가 있다. 심플하면서도 멋진 건물이다.

2층짜리 건물인데 꽤 넓다. 홈페이지에서 가지각색의 바다 생물을 전시한다고 소개하던데 납득할 만한 크기다.

"카페는 건물에 들어가서 바로 있대. 갈까?"

매표소에서 입장료를 내고 안으로 들어간다.

입구부터 벌써 바다가 펼쳐져 있다. 어슴푸레한 관내는 푸른 바다로 가득해서 마치 바닷속에 있는 것 같다.

"오빠. 저거, 아주 예뻐요."

아오이가 가리키는 쪽으로 시선을 돌린다.

거기에는 거대한 수조에 영상이 투사되고 있었다. 무지개색으로 빛나는 물고기 떼가 우아하게 헤엄치는데 생동감이 만점이다.

그 밖에도 갖가지 색의 산호와 둥실둥실 떠다니는 해파리, 다양한 바다 생물이 우리를 환영해 주었다.

"굉장하네⋯⋯. 프로젝션 매핑* 프로젝션 매핑 기술을 써서 볼 수 있는 광경이야."

"네. 환상적이고 낭만적이에요."

우리가 영상을 보며 감상을 이야기하고 있는데,

"우와! 대박 예쁘다! 쩔어!"

옆에서 어디선가 들어 본 활기찬 목소리가 들렸다.

시선을 돌리니, 역시 거기에는 루미가 있었다. 여느 때와 마찬가지로 갸루 패션으로 치장했다.

루미 옆에는 또래의 소년이 있다.

소년의 키는 루미보다 약간 크다. 안경을 썼으며 상냥해 보이는 얼굴이다. 진중하고 성실한 성격으로 보이는 아이다.

지난번에 루미도 크리스마스 데이트를 한댔지. 그렇다면 저 남자애가 남자 친구이리라.

"안녕."

인사하니, 루미와 눈이 마주친다.

루미가 순간 놀랐다가 바로 웃는다.

"유야 오빠하고 아웃치잖아! 하이, 하이! 설마 데이트 장

---

* 대상물의 표면에 빛으로 이루어진 영상을 투사해 변화를 주어 현실에 존재하는 대상이 다른 성격을 가진 것처럼 보이게 하는 기술.

소가 겹칠 줄이야! 우연이네?"

"그러게요. 서로 비슷하네요, 우리."

아오이와 루미가 신이 나서 반가워한다. 나와 소년은 두 사람의 모습을 싱글벙글 웃으며 지켜보고 있다.

"아, 그렇지. 오빠, 소개할게요."

그렇게 말하며 루미가 남자 친구를 힐끔 봤다.

"이쪽은 미야마에 신고. 제 남친이랍니다~."

"안녕하세요. 루미한테 얘기 많이 들었습니다."

루미가 신고라고 소개한 소년이 예의 바르게 고개를 숙였다.

진지하고 정중한 말투에 상냥하고 다정한 분위기……. 어쩐지 아오이와 풍기는 분위기가 비슷한 것 같다.

"반가워. 아마에 유야라고 해. 잘 부탁해, 신고."

"저야말로 잘 부탁드립니다. 아오이와도 친하게 지내고 있어요."

"그렇구나. 신고도 아오이와 같은 반이야?"

"아뇨. 반은 다른데요, 루미를 통해 친구가 됐어요. 유야 형은 아오이의 삼촌이라면서요?"

"응. 맞아. 앞으로도 아오이와 친하게 지내 줘."

"물론이죠."

침착하게 인사를 나누면서도 마음속으로는 루미의 다정함에 고마웠다.

루미는 좋아하는 남자 친구한테도 「나와 아오이의 관계」

를 비밀로 해 주고 있다. 정말로 친구를 아끼는 아이다.

"루미한테 듣기로는 유야 형이 '조카를 가장 먼저 생각하는 어른스럽고 근사한 사람'이라고 했어요. 크리스마스도 함께 보낼 정도로 조카를 귀여워하시는군요."

"어?!"

그 말을 듣고 헉했다.

그렇구나. 삼촌과 조카가 단둘이 크리스마스를 보내는 건 그다지 일반적이지는 않다.

혹시, 의심하나?

……고육지책이긴 하지만, 얼버무려 넘어가는 수밖에.

"그렇지. 삼촌으로서 아오이가 귀여워 죽겠거든. 조카한테서……, 아오이한테서 떨어지기 싫을 정도로."

나는 조카를 너무도 사랑하는 삼촌을 연기했다.

꼴사납지만, 나에 대한 평가는 아무래도 좋다. 아오이와의 관계를 들키는 것보다는 낫다.

아오이를 힐끔 본다.

아오이는 얼굴이 벌게져서 입을 뻐끔거리고 있었다. '유야 오빠, 말!'라고 얼굴에 쓰여 있다. 어? 나, 사고 쳤나?

루미는 어쩌고 있냐면 숨죽여 웃고 있다. 저 반응은…….음. 사고 친 것 같다.

한편, 신고는 나를 존경의 눈빛으로 보고 있다.

"그러시군요. 정말 조카를 끔찍이 아끼시나 봐요. 저라면,

유야 형처럼 자상한 삼촌이 친척이면 기쁠 거예요. 아오이가 부럽네요."

거짓말로 잘 속아 넘긴 건 다행이지만, 어쩐지 좋은 평가를 받고 말았다. 우리를 위해서기는 하지만, 왠지 미안하네…….

"저기, 신고. 나도 신경 써 줘."

루미가 애교 부리듯 조르며 신고의 팔에 매달렸다.

그러자 웃던 신고의 표정이 바뀐다. 순정 만화에 나오는 반짝반짝하는 잘생긴 남자의 얼굴이다.

"이런, 이런. 못 말리는 아기 고양이라니까. 그렇게 이 몸을 독점하고 싶어?"

신고가 루미의 머리를 살포시 쓰다듬었다.

……아기 고양이? 이 몸?

어떻게 된 거야, 신고. 너는 그런 건방진 사디스트 미남 캐릭터가 아니었잖아. 조금 전까지는 분명 평범한 일인칭을 썼잖아.

"루미, 너, 이 몸을 너무 좋아해."

"뭐야, 신고……. 유야 오빠가 보잖아."

"뭐? 한눈팔지 마. 이 몸만 봐. 알겠지?"

"으, 응……!"

루미와 신고가 둘만의 세계로 가 버렸다.

이런 광경이 익숙한지 아오이는 침착하다.

"후후. 부끄러워하는 루미를 보다니, 신선하네요."

"더 신선한 광경을 눈앞에서 보지 않았어?!"

"신고 말이에요? 가끔 저래요. 유야 오빠도 신경 쓰지 말고 그냥 지켜봐 주세요."

"아니, 신경 쓰이는데!"

아무리 봐도 알맹이가 다른 사람이잖아!

"그런 것보다 오빠. 조금 전에 한 말은 반칙이에요. 친구 앞에서 '아오이한테서 떨어지기 싫다'라고 하지 마세요."

"어……. 좀 그랬어? 조카 바보인 삼촌을 연기한 건데……."

"완전히 꽝이었어요. 그런 말은 제 앞에서만 해요."

뾰로통한 얼굴로 항의한다.

자기 앞에서만 하라니……. 아오이는 오늘만 몇 번을 나를 들었다 놓을 셈인 거지.

"오빠. 듣고 있어요?"

"……알겠어. 아오이 앞에서만 하라고?"

"네. 그렇게 해 줘요."

납득했는지 아오이가 그 이상은 아무 말도 하지 않았다.

시선을 다시 루미와 신고에게 돌린다. 두 사람은 아직도 둘만의 세계에서 나오지 않았다.

"흥. 하여간 재미있는 여자라니까……. 헉!"

신고와 눈이 마주치자, 부끄러워하면서 루미한테서 떨어졌다.

"죄, 죄송해요. 제가, 루미가 응석을 부리면 이상한 스위치가 켜지고 말아요……!"

"아하하. 사이좋구나. ……좀 놀라긴 했지만."

"그렇죠……. 누나의 영향으로 어렸을 때부터 순정 만화만 보고 자란 탓인지도 모르겠어요."

'그건 아니지!'라고 말하고 싶었지만, 꾹 참았다.

신고의 돌변에 관해서는 밤잠도 설칠 만큼 신경이 쓰이지만, 루미는 그런 신고를 받아들였다. 두 사람이 러브러브 하다면 내가 참견할 문제는 아니다.

"그렇지! 좋은 생각이 났어!"

루미가 갑자기 손을 손바닥에 톡 쳤다.

"있지, 아옷치! 더블데이트하자!"

"더블데이트……요?"

"몰라? 두 커플이 함께 데이트하는 거야! 재미있을 것 같지 않아?"

"글쎄요……."

아오이가 복잡한 표정으로 입을 다물었다.

왜 그러지? 더블데이트에 관한 설명에 이해가 안 가는 부분이라도 있었나?

의아해하는데 아오이가 작은 목소리로 투덜거리기 시작했다.

"유야 오빠하고 보내는 첫 크리스마스. 단둘이 근사한 추억도 만들고 싶고, 루미의 바람도 이뤄주고 싶은데······. 어쩌죠."

'끙끙', 귀여운 신음을 내며 고민하는 아오이. 아무래도 생각이 입 밖으로 나온 모양이다.

그렇구나. 아오이는 양립할 수 없는 두 마음의 틈바구니에서 고민하는 건가.

나와 단둘이 하는 데이트와 루미 커플과의 더블데이트.

양립하기는 어렵지만, 절충안을 내기에는 간단하다.

"루미. 더블데이트 제안 말인데. 나와 아오이는 카페에 가려고 했거든. 루미와 신고도 같이 가지 않을래?"

"아, 그 카페 알아요! 여기 층에 있는 거 말하는 거죠?"

"그래, 맞아. 그 뒤에는 따로 다녀도 될까? 그, 나만 아저씨잖아. 계속 같이 다니면, 나한테 마음 쓰느라 너희가 불편할 거야."

카페에서만 더블데이트하고 그 뒤는 헤어져서 따로 데이트한다. 이러면 아오이와 루미, 두 사람의 마음을 존중한 크리스마스 데이트가 되겠지.

"네? 저는 유야 오빠와 얘기하는 거 즐거워서 완전히 오케이인데······. 아아, 그런 말이구나."

내 의도를 눈치챘는지 루미가 웃으며 고개를 끄덕였다.

"알겠어요. 아웃치도 괜찮지? 아니, 그게 좋지?"

"네? 아, 네. 괜찮아요."

아오이가 루미의 기세에 눌려 끄덕끄덕 수긍했다.

"그러면 결정! 더블데이트도 좋지만, 크리스마스니까. 각자 연인과 보내는 게 더 좋지! 그렇지, 신고?"

"훗. 내 옆에 있어. 행복하게 해 줄 테니."

"신고, 멋져……!"

또 둘만의 세계로 가 버렸다. 얘들아~. 돌아와 주라~.

"저기, 유야 오빠."

루미와 신고를 지켜보다가 아오이가 내 어깨를 툭툭 쳤다.

"방금, 저를 위해 준 거, 고마웠어요."

"응? 무슨 말이야?"

"후후. 시치미 떼도 소용없어요. 오빠와 함께 있고 싶지만, 루미의 제안을 거절하기도 싫은……, 그런 제 마음을 헤아려 준 거잖아요."

그 지적은 정답이었다.

이런 건, 들키면 부끄럽구나……. 좀 더 자연스럽게 도와줄 수 있게 해야지.

"그런 거 아니라니까. 나를 너무 과대평가하는걸."

"아뇨, 그런 거 맞아요. 오빠는 언제나 제 마음을 알아주니까."

아오이가 그렇게 단언하고 '그렇지만'이라며 덧붙였다.

그러고는 얼굴을 바싹 다가와 볼을 부풀린다.

"본인을 '아저씨'라고 하는 건 안 돼요."

"어?"

"오빠는 아저씨가 아니에요. 멋진 오빠예요. 저의 자랑스러운 약혼자라고요. 자신을 비하하는 건 좋지 못해요."

그렇게 말하고 내게서 떨어졌다. 말투는 좀 강했지만, 표정은 매우 부드러웠다.

자랑스러운 약혼자……. 기쁘기는 하지만, 그런 말은 집에서 단둘이 있을 때 해 줘. 이 나이 먹고 히죽거리게 되니까.

"오빠. 대답은요?"

"알겠어. 이제 안 그럴게."

"익. 왜 히죽거려요? 반성의 기미가 안 보이네요."

"그건 아오이 탓이잖아."

"네? 무슨 뜻이에요?"

고개를 작게 갸우뚱하는 아오이. 아무래도 본인이 무슨 말을 했는지 자각이 없나 보다.

오늘의 아오이는 때로 본인의 솔직한 마음을 가감 없이 드러낸다.

그 자체는 기쁘지만…… 당하기만 해서는 좀 분하다.

좋았어. 이따가 복수해야지.

의아해하는 아오이를 보면서 그런 유치한 생각을 했다.

◆

우리는 관내 수족관으로 갔다.

카페는 약간 어두컴컴했다. 블랙 라이트에 비친 발광하는 산호의 빛을 돋보이게 하기 위해서다. 수조가 여러 개 있고 산뜻하고 환상적인 분위기를 자아내고 있다.

밤에는 바 영업도 하는 모양인지 카운터 안쪽에 술병이 늘어서 있었다. 청백색 빛에 비쳐 어른스러운 분위기가 있다.

"대박! 진짜 근사해! 아옷치, 여기 쩔지 않아?!"

"그러게요. 정말 예뻐요."

카페를 둘러보며 흥분한 여자 두 명. 이렇게 기뻐하니까 데리고 온 보람이 있다.

"아옷치, 아옷치. 저 병 어때? 귀엽지 않아? 마시지는 못하지만."

"그러게요. 성인이 되면 또 와요."

"꼭 오자! 근데 유야 오빠는 술 잘 마셔요?"

"익. 안 돼요, 오빠."

내가 대답하기도 전에 아오이가 대답했다. 나무라는 듯한 눈으로 빤히 나를 보고 있다. 사원 여행에서 거나하게 취했던 탓에 못을 박는 거겠지.

"미성년자하고 왔으니 안 마시지. 그리고 술은 밤에 파는 거야. 아마 못 마실걸."

"그렇다면야 마음이 놓이네요. 오빠는 분위기 타면 너무 많이 마시니까요. 술은 적당히 해야죠, 안 그래요?"

"아, 알아."

생각지도 못한 타이밍에 잔소리를 듣고 말았다. 그때는 완전히 내 잘못이었으므로 반론의 여지가 없다.

아오이의 아내 같은 언동이 재미있는지 루미가 옆에서 히죽거리고 있다.

"아옷치. 둘이 꽁냥대지 말고 얼른 음료 고르자."

"꼬, 꽁냥댄 적 없어요!"

"알았어, 알았어. 그래. '삼촌'하고 꽁냥대는 건 이상하지~."

"아이참! 루미!"

아오이가 복어처럼 볼을 부풀렸다. 나와 루미는 웃음을 참고 사정을 모르는 신고만 어리둥절하고 있다.

화내는 아오이를 달래며 카운터로 향했다.

이 카페는 다채로운 음료를 갖추고 있다. 블루 하와이, 포도 스쿼시, 오렌지, 메론 소다. 내가 결제하고 세 사람에게 각자 시킨 음료를 건넸다.

주변을 둘러보니, 벽 쪽으로 4인용 테이블이 비어 있었다. 나와 아오이가 나란히 앉고 맞은편에 루미와 신고가 앉는다.

우리는 음료를 마시면서 학교 얘기로 분위기가 무르익었다.

"아옷치, 아옷치! 요전번에 한 구기 대회, 정말 즐거웠지!"

"루미의 활약이 엄청났죠. 농구에서 득점도 많이 하고요. ……자살골도 넣었지만."

"아하하. 몸을 움직이는 걸 좋아하니까."

"그렇군요. 부러워요."

"에헤헤. 있지, 신고, 내 얘기 좀 들어봐. 아옷치가 농구를 열심히 했거든. 슛을 다섯 번이나 쐈다? 전부 링까지 닿지는 못했지만. '끙차' 소리를 내면서 깡충 뛰어올라 슛 쏘는 모습이 정말 귀여웠어."

"루미! 그 얘기는 비밀로 해 달라고 했잖아요!"

"아하하. 영상이 있으면 보고 싶네."

"정말! 신고까지 이럴 거예요? 짓궂어요!"

아오이가 얼굴이 빨개져서 항의한다.

그러고 보니 아오이가 운동을 하는 모습을 본 적이 없네. 어렸을 적부터 인도어파라고는 생각했지만, 역시 운동은 못하는 편인가.

이렇게 학교에서의 아오이 얘기를 들을 수 있는 건 신선하다. 의외의 일면도 알 수 있는 데다 듣기만 해도 즐겁다.

웃으면서 고등학생들의 이야기에 귀를 기울이는데 옆에서 시선이 느껴진다.

시선을 돌리니, 아오이가 미안하다는 듯한 표정을 짓고 있었다.

"왜 그래?"

"오빠, 미안해요. 신경 못 써서."

응? 뭘?

내가 전에 아오이가 얼굴을 바짝 가져왔다. 갑작스러워서 반사적으로 가슴이 두근거린다.

아오이가 내 귓가에서 속삭였다.

"제가 다른 남자와 친하게 지내면, 질투해요?"

"어?"

그 말은 그러니까 아오이가 신고와 즐겁게 얘기해서 나더러 질투 나지는 않는지 걱정된다는 뜻?

친구니까 사이좋게 이야기하는 건 보통이라고 생각하는데. 입장이 반대였다면 아오이는 질투했겠지.

왠지 발상이 귀여워서 나도 모르게 놀리고 싶어진다. 아까 나를 두근두근하게 한 복수도 아직 못 했으니, 마침 좋은 기회다.

루미와 신고가 우리 대화를 들으면 곤란하다. 내가 휴대폰을 슬쩍 꺼내, 아오이에게 문자를 보냈다.

「걱정하지 마. 질투 같은 거 안 해.」

「하지만 대화에 안 끼고 잠자코 있었잖아요…….」

「아오이가 농구를 열심히 하는 모습을 봤으면 좋았겠다는 생각을 하고 있었어.」

「아이참! 오빠까지!」

'이익' 하고 신음하면서 나를 흘겨보는 아오이. 참고로 잘 못 하는 것에 도전하며 열심히 하는 아오이를 보고 싶었던 건 진심이다.

「그리고 대화에 못 낀 것도 없잖아 있지.」

「왜요?」

「네 옆얼굴 보느라 바빠서.」

「그, 그렇게 보지 마요! 바보!」

「싫어, 볼래.」

「오빠?!」

당황하는 아오이의 얼굴이 웃겨서 나도 모르게 소리를 내 웃고 말았다.

구기 대회 얘기로 웃었다고 착각한 루미가 '웃기죠?'라고 내게 물었다.

"유야 오빠. 이거 말고도 아오이의 귀여운 전설이 또 있어요. 궁금해요?"

"응. 꼭 듣고 싶어."

그렇게 맞장구치면서 아오이의 옆얼굴을 바라본다. 아오이는 나를 힐끔 보고는 눈이 마주치면 시선을 피하는 수수께끼의 행동을 반복했다.

"아웃치가 드리블을 하는 줄 알았더니, 공을 발끝으로 힘껏 차 버렸지 뭐예요. 그렇게 날아간 공이 심판 오금을 직격했어요! 완전히 살인 드리블 아니에요? 진짜 웃겨!"

"아하하. 그러게, 웃기다."

내 시선을 견디지 못한 아오이는 얼굴이 새빨개졌다.

급기야 이제는 양손으로 얼굴을 감춰 버렸다.

"보, 보지 말아요······. 바보."

작은 목소리로 소곤소곤 그렇게 말했다.

"응? 아오이, 왜 그러고 있어?"

"······아무것도 아니에요."

루미의 물음에 답한 아오이가 얼굴을 가리고 있던 양손을 내렸다. 어째선지 나를 뚫어지게 보고 있다.

······엄청 노려보네.

혹시 너무 놀려서 화가 났는지도 모른다.

"미안, 아오이. 이제 안 놀릴 테니까 기분 풀어. 응?"

"······되갚아 줄래요."

"응?"

"빤히 쳐다보면 부끄럽잖아요. 오빠도 제 시선을 받고 수치 지옥으로 떨어지세요."

"수, 수치 지옥?"

잘은 모르겠지만······. 복수를 하려는 건가?

아오이가 입술을 내밀고 신음하면서 내게 뜨거운 시선을 계속 보낸다.

그러네······. 확실히 부끄럽다.

순간적으로 아오이와는 반대 방향으로 얼굴을 돌린다.

그러자 아오이가 의자를 가까이 가져와 아래서 올려다본다. 본인도 부끄러운 듯한 얼굴로 빤히 쳐다본다.

뭐, 뭐야, 이 귀여운 복수는······!

수치 지옥, 무섭다.

"……항복. 이제 그만 쳐다봐."

못 배기고 백기를 든다. 아오이가 만족스럽게 '후후후. 제가 이겼어요'라며 득의양양하다.

이리하여 나는 복수하려다 되레 복수를 당해, 또 한 번 설레고 말았다.

◆

카페를 나와 신고가 '유야 형, 잘 먹었습니다'라고 예의 바르게 인사했다.

나는 나도 모르게 쓴웃음을 지었다.

"정말 예의 바르구나……. 나야말로 고마워해야지. 나도, 아오이도 즐거웠어. 고마워."

"아뇨, 아니에요……. 형은 정말로 어른스러우시네요."

"아하하. 일단 이래 봬도 나이를 먹었으니까."

"나이 얘기가 아니라……. 뭐라고 해야 할까요. 사람을 배려할 줄 아는 다정한 면이 있다고 할까, 포용력이 있다고 해야 하나. 아오이가 따르는 것도 이해가 가요."

어른스럽다. 배려할 줄 안다. 다정하다.

모임 때 루미도 비슷한 말을 했었지. 루미는 '아오이가 따른다'라고 하지 않고 '아오이가 좋아한다'는 말을 했지만.

……잠깐만?

루미와 비슷하게 느꼈다는 건……. 설마 나와 아오이의 관계를 눈치챈 건 아니겠지?

……혹시 모르니까 한번 떠볼까.

"음, 왜 그렇게 생각했어?"

"아오이가 오늘 평소와는 달리 신선했거든요."

"평소와 다르다고?"

"네. 학교에서는 성실하고 똑 부러져요. 약간 말주변이 없고 얘기하는 것에 서툰 면도 있지만, 반 친구들이 많이 의지하죠."

신고가 '뭐, 루미에게 휘둘리는 건 학교에서도 마찬가지지만요'라며 쓴웃음을 짓는다.

"그래서 오늘 보고 놀랐어요. 평소에는 친구들에게 의지가 되는 아오이가 형 앞에서는 전혀 달라서요. 본 적 없는 상냥한 미소를 지으면서 들뜬 모습이나 약간 아이 같은 짓을 하기도 하고……. 분명 형을 신뢰하니까 안심해서 보이는 모습이라고 생각해요."

"그랬구나……."

학교에서의 아오이는 어떤지 신경 쓴 적은 있었지만, 나와 있을 때와 어떻게 다른지는 신경 쓴 적이 없었다.

몰랐네. 내가 아는 아오이의 미소가 좋아하는 사람한테만 보이는 특별한 표정이었구나.

······뭔 이런 부끄러운 생각을 하고 있냐, 나는.

"저도 유야 형처럼 사람들이 신뢰하는 어른이 되고 싶어요. 형? 볼이 좀 붉은데 괜찮으세요?"

"마음 쓰지 마. 난방이 세서 더운 것뿐이니까······."

"그, 그래요? ······계속 붙잡고 있어서 죄송해요. 저희는 먼저 실례할게요."

"응, 놀다 가. 아오이와 루미는······. 어? 어디 갔지?"

"저쪽에요."

두 사람은 신고가 가리키는 곳에 있었다. 수조를 구경하면서 사이좋게 수다를 떨고 있다.

내가 아오이를 부르기 전에 신고가 '루미!'하고 루미를 불렀다.

"루미, 이리 와. 형을 기다리게 하면 못쓰지."

"응! 가자, 아웃치."

아오이와 루미가 잰걸음으로 우리 쪽으로 왔다.

"그러면 이제 헤어질 시간이네. 많이 얘기할 수 있어서 즐거웠어. 그렇지, 아오이?"

내가 그렇게 물으니, 아오이가 웃으며 수긍한다.

"네. 루미, 신고. 내년에 또 학교에서 만나요."

"응! 새해 복 많이 받아!"

"안녕, 아오이. 유야 형, 오늘 정말 감사했어요."

"응. 또 보자."

인사를 나누고 루미 커플과 헤어졌다.

루미 커플은 위층에 구경하러 가는지 에스컬레이터가 있는 쪽으로 걸어간다. 두 사람의 모습이 안 보일 때까지 우리는 손을 계속 흔들었다.

"루미와 신고도 수족관 데이트가 즐거운가 봐."

"그러게요. 두 사람 다 평소보다 들떠 있었어요."

아오이가 '오빠. 다음은 어디로 갈까요?'라며 설레는 표정으로 물었다. 자기도 루미에게 지지 않을 정도로 들떠 있으면서 눈치 못 챈 모양이다.

"이 층에 젤리피시 코너가 있어. 가 볼래?"

"젤리피시라면……, 해파리네요. 좋아요! 가요!"

"알겠어. 위치가……. 이쪽이야."

깊이가 있는 넓은 공간에 수조 몇 개가 전시되어 있다. 빨강, 분홍, 파랑, 노랑, 자주. 선명한 빛깔의 조명을 받은 수조에서 해파리가 두둥실 헤엄치고 있다.

"굉장하네요……. 오빠, 이 해파리, 귀여워요!"

아오이가 가리킨 건 무럼 해파리였다. 직경 30cm 정도의 우산 모양의 방울을 천천히 움직여 우아하게 헤엄친다. 방울 중앙이 분홍색으로 보이는 건 조명 때문일까. 정말 예쁘다.

"하아. 이런 거 보면 마음이 차분해져."

"후후. 나이 든 사람처럼 말하지 마세요. 당신은 '오빠'니까요."

"아하하, 그랬지."

"오빠도 참……. 아! 저쪽에 있는 해파리도 빛나요!"

아오이가 종종 달려 안쪽 수조로 향한다. 달려가다가 뒤를 돌아 손짓한다.

"오빠도 이리 와요! 여기에 있는 해파리도 귀여워요!"

제 나이에 맞게 신이 난 아오이를 보고 있으니, 어쩐지 나까지 즐거워진다. 수족관을 고른 건 정답이었어.

"아오이, 뛰면 위험해."

주의를 주면서 수조 앞에 있는 아오이 옆에 선다.

그 수조에서 헤엄치는 해파리를 노란색 빛에 물들어 있었다. 무럼 해파리보다 긴 촉수를 달고 있다.

"오빠. 얘는 이름이 뭘까요?"

"말레이 해파리……. 이렇게 예쁜데 독성이 강한 독을 가지고 있대. 물리면 아프대."

"헤에, 잘 아네요. 이것도 사전에 조사한 거예요?"

"아니. 거기 생물 소개에 적혀 있어."

"아, 정말이다. 아는 척했네요?"

아오이가 입가를 가리며 나를 놀렸다. '커닝하지 말아요'라고 덧붙이고는 설명문을 가리듯 위치를 바꾼다.

키득키득 웃는 아오이를 넋 놓고 보는데 아오이가 의아해하며 고개를 갸웃했다.

"왜 그래요?"

"아니. 아오이가 기뻐하는 모습을 보니까 좋아서."

"그건……. 오빠와 함께라면 어디를 가든 기쁜걸요. 이런 말 하게 하지 마요. 바보."

"아하하. 그러면 다행이고."

"……오빠는 즐겁지 않아요?"

아오이가 불안한 듯 물었다.

오늘은 크리스마스. 특별한 사람과 보내는 날이다. 이런 불안한 표정보다 웃는 게 더 잘 어울린다.

후 웃으면서 아오이의 머리를 살짝 쓰다듬는다.

"즐거워. 내 표정 보면 알잖아."

"……네. 분명 저와 같은 표정일 거예요."

아오이가 낯간지럽다는 듯 웃었다.

더블데이트는 카페에서 끝내서 다행이었을지도 모른다. 이렇게 풀어진 모습을 루미 커플에게 보였다고 생각하면 너무 부끄럽다.

잠시 그 자리에서 해파리를 구경하는데 아오이의 휴대폰이 울렸다.

"루미예요……. 후후. 두 사람, 행복해 보이네요. 오빠도 보세요."

"어디 봐……."

휴대폰을 들여다보니, 루미와 신고가 찍힌 사진이 화면에 떠 있었다. 사이좋게 손을 잡고 꼭 붙어 있다.

휴대폰이 또 울렸다.

남의 문자를 엿보는 취미는 없지만, 사진 밑에 내용이 떠서 자연스럽게 시야에 들어왔다.

「아웃치하고 오빠 사진도 보내 줘!」

문자 앱에는 그렇게 쓰여 있었다.

"오빠, 사진 보내래요! 찍어요! 추억이 될 거예요!"

명안이라도 떠오른 듯이 신이 났다. 아오이가 내 손을 잡고 다른 쪽 손으로 휴대폰을 잡는다.

설마…… 루미와 신고처럼 손을 잡고 러브러브한 사진을 보내려고?!

"아오이. 이 상태로 사진을 찍는 건 좀……."

"웃어요. 자, 찍을게요."

말릴 틈도 없이 아오이의 휴대폰에서 셔터음이 터져 나왔다.

"아오이. 추억으로 간직할 사진으로는 괜찮은데——."

"보내기. ……네? 뭐라고요?"

"……이렇게 러브러브한 사진 보내도 돼? 부끄럽지 않아? ……라고 말하려고 했어."

멍해진 아오이.

몇 초 굳어 있다가 그제야 내 말의 의미를 이해했는지 얼굴이 단숨에 달아올랐다.

"으아아…… 아이참! 더 빨리 말했어야죠!"

아오이가 불평하며 엄청난 속도로 휴대폰을 터치한다.

'오해할까 노파심에 하는 말인데요, 손은 오빠가 길을 잃지 않게 잡은 거예요! 금세 어디로 사라져서, 정말 곤란해 죽겠어요!'라는 문자를 보냈다. 그 변명은 너무 구차하다고 생각하는 건 나뿐인가?

아오이와 눈이 마주친다. 눈을 꼭 감고 내 등 뒤로 숨었다. 응석 부리듯이 얼굴을 비비적거리며 내 등에 문지른다.

"으. 마치 자랑한 것 같아서 부끄러워요……!"

"'마치'? 자랑한 것 '같아'……?"

"뭐, 뭐요! 저도 들떠서 정신없을 때가 있다고요!"

등을 도닥도닥 때린다.

음……. 이렇게 부끄러운 대화, 역시 루미와 신고에게는 못 보여 주겠어.

다시 한번, 더블데이트를 일찍 끝내서 다행이라고 생각했다.

◆

우리는 그 후로도 수족관 데이트를 만끽했다.

2층 리틀 피시 코너에서는 글자 그대로 작은 바다 생물이 전시되어 있었다.

모래 구멍에서 빼꼼 얼굴을 내민 가든일, 오렌지색 몸에 흰색 줄이 석 줄 들어간 흰동가리. 아오이는 볼 때마다 '귀엽다'라면서 호들갑을 떨었다.

개인적으로는 해저 터널이 가장 좋았던 것 같다.

터널은 채광창에서 햇빛이 들이치는 구조로 바다 세계를 한층 더 느낄 수 있었다.

터널 안에는 열 종류의 가오리가 전시되어 있었다. 수평으로 크게 펼쳐진 지느러미를 움직이며 헤엄치는 모습이 박력 만점이었다.

아오이는 가오리의 몸 바닥을 보고 '아! 조그만 얼굴이 있어요!'라면서 소리쳤다.

아래서 가오리를 들여다보니, 눈 같은 구멍이 두 개. 그 밑에 있는 구멍은 입으로 보였다.

설명문에 적혀 있기로는 두 개의 구멍은 콧구멍이란다. 눈인 척하더니 사실은 콧구멍인 걸 생각하면 왠지 괜히 애착이 생기는 게 신기하다.

수족관을 실컷 즐긴 우리는 밖으로 나왔다.

이미 날이 저물어 있고 밤하늘에는 별이 펼쳐져 있다.

"아오이. 수족관 재미있었지."

"네. 귀여운 생물이 잔뜩 있었어요."

"그렇구나. 만족해서 다행이야."

"오빠와 함께 와서 즐거움도 두 배였어요."

아오이가 하늘을 올려다보며 '오늘 밤은 별이 예쁘네요'라며 천진하게 말했다. 이번에도 역시 내 마음을 술렁이게 한다는 자각은 없는 듯하다.

"너의 이런 면이 말이지……."

"네? 뭐가요?"

"아냐, 아무것도."

"익. 비밀을 만드는 건 바람직하지 않아요."

"말하면 부끄러워할 테니까 말 안 해."

"더 궁금하잖아요……. 근데 이제 우리 뭐 해요?"

둘이 수족관에 가기로 정했었다. 하지만 그 외의 계획은 내게 전부 맡기라고 했다.

오늘은 역에서 거리가 있는 강가 거리에 조명등을 설치했다고 한다. 지금부터 그리로 갈 예정이다.

"있잖아, 이 뒤에 말인데……. 아오이?"

"……아직 집에 안 갈 거죠?"

아오이가 응석 부리듯 내 옷자락을 잡고 뭔가 기대하는 눈으로 나를 본다. 당장에라도 '오늘은 좀 더 특별한 기분을 느끼고 싶어요……. 안 돼요?'라고 말할 것 같다.

이대로 집에 가면 이 응석꾸러기는 무조건 삐질 것이다. 미리 준비해서 정말 다행이다.

"조금만 걸으면 일루미네이션을 하는 곳이 있어. 보고 가지 않을래?"

그렇게 제안하자, 아오이가 부드럽게 웃었다.

"역시 오빠. 뭐든 다 꿰뚫어 보네요."

"아하하. 전부는 힘들지."

"그러네요……. 저에 관해서만, 전부요."

마음이 따뜻해지는 다정한 목소리였다.

나란히 걷는 아오이를 본다. 기뻐하는 아오이의 옆얼굴은 빨갛게 물들어 있었다.

"……응. 그럴지도 몰라."

"자, 자. 오빠, 어서 일루미네이션 보러 가요."

방금 한 발언이 어지간히 쑥스러운 것이리라. 아오이가 내게서 도망치듯 잰걸음으로 앞서 걸어 나갔다.

"아오이. 그쪽 아니야. 여기서 왼쪽으로 꺾어야 해."

"그런 건 빠, 빨리 말해요."

쑥스러워하는 아오이를 데리고 목적지인 강으로 향한다.

역에서 거리가 있는데도 떠들썩하다. 지나다니는 사람이 많다. 특별한 밤은 아직 끝나지 않았다. 나와 아오이의 크리스마스도 분명 아직 더 즐거움이 기다리고 있을 것이다……. 북적이는 인파를 보니, 그런 예감이 들었다.

잠깐 걷자, 조명이 켜진 강가로 진입했다.

중앙에 있는 강을 끼고 벚꽃 나무가 늘어서 있다. 벌거벗어 가느다란 무수한 나뭇가지가 찬 날씨에 그대로 노출되어 있었다.

그러나 오늘 밤은 크리스마스. 나무들은 벚꽃색으로 빛나는 LED 조명 옷을 입고 있다. 절대 떨어지지 않는 벚꽃잎이 빛을 발하며 수면에 비쳐 흔들린다.

우리는 길 한복판에 서서 철 지난 벚꽃을 바라보았다.

"유야 오빠. 일루미네이션이 정말 아름다워요."

"응. 겨울 벚꽃은 처음 봐."

"……벚꽃을 보면, 왜인지 그때 생각이 나요."

"벚꽃이라……."

더 말하지 않아도 안다. 나와 아오이가 이별하게 된 날을 말하는 거다. 흩어져 떨어지는 때 이른 벚꽃이 우리의 이별을 아쉬워하듯 춤췄지.

"약속을 했던 그날부터 이렇게 오빠와 로맨틱한 데이트를 하는 걸 꿈꿨어요."

"그러면 오늘 그 꿈이 이뤄진 거네."

"네. 오빠가 데이트하자고 해 준 덕분이에요."

"아니지. 아오이 덕분이야."

"네?"

"아오이가 나를 계속 좋아해 줬으니까 이 광경도 볼 수 있는 거야."

아오이는 7년 만에 나를 만나러 와 주었다. 그렇게 용기 있게 행동한 결과, 이렇게 둘이 함께 있을 수 있는 거라고 생각한다.

"그런 거라면 역시 오빠 덕분이에요."

"나왔다, 고집 모드. 왜 그렇게 생각하는데?"

"왜냐하면……. 7년간 계속 좋아했잖아요. 전학을 가서도, 중학생이 되어서도, 수많은 만남을 거치면서도 오빠로 머릿속이 꽉 차 있었다고요."

'그러니까'라며 말을 잇는다.

"저를 이렇게 빠지게 한 오빠 덕분이에요."

아오이가 수줍어하며 웃고는 내 손을 잡았다.

그렇게 말해 주니 고맙지만, 불안하기도 하다.

……예전의 나는 얼마나 멋진 오빠였던 걸까.

피곤에 찌든 회사원을 졸업해도, 아직 그 시절의 나와는 거리가 좀 먼 것 같다……. 과거의 나를 칭찬하는 아오이를 보면, 그런 생각이 든다.

나도 모르게 아오이가 잡은 손에 힘이 들어갔다.

"괜찮아요……. 지금의 오빠는 7년 전의 오빠보다도 멋있어요."

하얀 숨결과 함께 아오이의 다정한 목소리가 밤에 녹아든다.

7년 전의 나보다도 멋있다니. 지금의 내게, 그 말은 어떤 말보다 가슴을 울렸다.

"아오이…… 그렇게 생각해 주고 있었구나."

"후후. 마음이 놓여요?"

장난치는 아이처럼 웃는 아오이.

의미심장한 말투……. 혹시, 내가 불안해하는 게 다 표가 났나?

"한 방 먹었네……. 용케 내 마음을 알고 있었구나."

"오빠하고 똑같아요."

그렇게 말하고는 내 어깨에 머리를 기댔다.

"오빠에 관한 것만큼은, 전부 알아요."

아오이가 '오빠의 약혼자니까요'라고 덧붙이며 웃었다.

그렇구나……. 내가 아오이의 미소를 보고 싶어서 열심히 하는 것과 같은 것이다.

아오이도 마찬가지로 내 기분을 생각해 준다.

좋아하니까.

그런 당연한 걸 아오이가 깨닫게 해 주었다.

"말은 이래도 이번에는 우연히 알게 됐지만요……. 아. 혹시 몰라서 말해 두는데, 방금 한 말은 겉치레 같은 게 아니라 진심이에요?"

"나를 안심시키려고 한 말이었으면 나, 울 거야."

"후후. 울면 달래 줄게요."

또 놀림당했다. 오늘은 아오이에게 지기만 하는 날이다.

"……아오이. 오늘은 정말 고마워. 앞으로도 잘 부탁해."

"저야말로, 잘 부탁해요."

둘이 조명이 켜진 벚꽃을 올려다본다.

그때는 이별을 아쉬워하는 것처럼 떨어지던 벚꽃이 오늘은 우리를 축복하는 것처럼 보인다.

"오빠."

"왜?"

"저기⋯⋯. 좀 더 응석 부려도 돼요?"

"당연하지."

"그럼, 실례할게요."

아오이가 내 팔에 안겨 왔다.

날숨이 밤공기를 하얗게 물들인다. 한겨울의 밤은 살을 에는 듯한 기온이었다.

하지만 이렇게 둘이 몸을 붙이고 있으니 따뜻하다.

아오이가 '유야 오빠'라며 내 이름을 불렀다.

"좀 더, 이렇게 있어도 돼요?"

이런 응석은 거절할 수 없다.

나는 조용히 고개를 끄덕이고 앞을 보았다.

"응. 나도 이 경치를 더 보고 싶어."

둘이 지지 않는 벚꽃을 바라본다.

이제 두 번 다시는 떨어지지 않으려, 꼭 밀착시키면서.

연말은 아오이와 함께 집에서 느긋하게 보냈다.

아오이가 만든 맛있는 요리를 먹고 즐겁게 수다를 떨고 근처에서 장을 보고……. 어디 멀리 나가지는 않았지만, 아주 알차게 보냈다.

하지만 황금 같은 휴일을 집에서만 보내는 것도 아깝다. 새해 첫날은 둘이 정월 참배를 다녀왔다.

참배 중, 아오이가 진지한 표정으로 기도를 올리고 있었다.

간절히 이루고 싶은 소망이 있는 게 틀림없다. 그래서 나는 '뭘 빌었어?'라고 물었다.

그러자.

"유야 오빠와 쭉 함께……. 그게 아니라, 공부를 더 잘하게 해 달라고 빌었어요! 올해는 수험생이니까요!"

아오이가 당황해 그렇게 고쳐 말했다. '유야 오빠와 쭉 함께할 수 있게 해 주세요'라고 빈 거 훤히 다 보인다. 나는 새해부터 흐뭇한 기분이 들었다.

그리고 '오빠, 참배 예절이 틀렸어요. 방울을 흔든 뒤에 두 번 절하는 게 일반적이에요……'라는 아오이의 새해 첫 잔소리도 들었다. 다른 참배객 앞에서 혼난 건 좀 창피했지만, 지금은 좋은 추억이다.

이런 느낌으로 연말연시는 즐겁게 시간을 보내고 편히 쉬며 피로도 풀렸다.

하지만 그런 행복한 나날도 지난주로 끝이었다.

나는 어제부터 다시 출근했고 아오이도 오늘이 개학식이다.

거울 앞에서 넥타이를 맨다. 전에는 대충 둘러맸던 넥타이도 지금은 단정하게 매지 않으면 성에 차지 않는다.

넥타이 잘 맸고, 수염도 밀었고, 머리 뻗친 곳도 없고, 아주 깔끔하다.

"오빠, 여기요, 받아요."

교복을 입은 아오이가 정장 재킷을 가져다주었다. 이런 신혼 같은 분위기도 꽤 익숙해졌다.

"고마워, 아오이."

재킷을 받아 들고 팔을 넣는다.

단추를 잠그는데 아오이가 천천히 웅크려 앉아 무언가를 주웠다.

"오빠, 명함 지갑이 떨어졌어요."

"아, 고마워. 주머니에서 떨어졌나 봐……. 아오이?"

아오이가 명함 지갑을 빤히 쳐다본다.

"이거, 꽤 오래 썼나 봐요."

"응?"

명함 지갑을 받아 관찰한다. 꾀죄죄하고 많이 낡았다. 가죽은 오래 써서 헐었고 정체를 알 수 없는 얼룩도 져 있다.

이 명함 지갑은 내가 취직했을 때부터 계속 써 온 것이다. 당시에는 명함 지갑을 어떤 걸 사야 하는지 잘 몰라서 적당하게 저렴한 것으로 구매했었지.

"그러게 많이 해졌네. 새로 하나 장만할까……."

거래처 사람과 명함을 교환할 때 낡아 빠진 명함 지갑을 보이면 첫인상에 안 좋은 영향을 끼칠 것 같다. 이런 사소한 부분도 신경 쓰는 편이 좋으리라.

그리고…… 아오이한테도 잔소리를 들을 것 같고.

아오이를 힐끔 본다.

내 예상과 달리 아오이는 생글생글 웃고 있었다.

"아직은 안 바꿔도 될 듯해요. 그 명함 지갑, 멋져요."

"응? 그래?"

아무리 봐도 닳고 닳은 데다 볼품없다. 애초에 아오이가 '오래 썼나 보다'라고 지적했으면서 멋있다고 칭찬하는 건 이상하지 않나?

……뭐, 됐나. 급한 것도 아니고 당장 바꿀 필요는 없다.

"알겠어. 바꾸는 건 봄에 다시 검토해 볼게."

"후후. 그러는 게 좋을 것 같아요."

그렇게 말하고 아오이는 부엌으로 돌아갔다. '흥흥흐~응♪'이라며 즐거운 듯 콧노래를 부르며 아침 식사 준비를 한다.

······잔소리도 안 하고 묘하게 기분이 좋아 보인다. 오랜만에 학교를 가서 들뜬 건가?

"오빠~. 아침 다 됐어요."

"응. 갈게."

재킷 주머니에 명함 지갑을 넣고 자리에 앉는다.

오늘 아침 메뉴는 토스트와 샐러드였다. 아오이와 단란하게 아침을 먹고 설거지를 한다.

집에서 나가는 시간은 내가 더 이르다. 출근하려고 현관으로 향하니, 아오이도 같이 종종 따라왔다.

"오빠. 다녀와요."

"다녀올게. 아오이도 조심해서 갔다 와."

"네······."

"아오이? 왜 그래?"

"······에잇."

아오이가 끌어안겼다.

갑작스럽게 벌어진 일에 대응하지 못하고 중심이 뒤로 쏠린다. 나는 반걸음 물러나며 균형을 잡고 아오이의 몸을 지탱했다.

"벌써 쓸쓸해서······. 큰마음 먹고 껴안아 버렸어요."

"그렇구나. 역시 아오이는 응석꾸러기네."

"애 같아요? ······아뇨. 지금은 애 같아도 상관없어요."

아오이가 내 가슴에 얼굴을 묻었다. '이제 밤까지 못 봐도 참을 수 있어요'라고 중얼거리고는 나를 올려다본다.

평소에는 어른스럽게 보이고 싶어 하면서 응석 부릴 때만은 연하로 돌아오는 건 반칙이지.

"하여간 치사해……."

"네? 뭐라고 했어요?"

"아무것도 아니야. 오늘도 정시 퇴근해서 올게."

"네. 약속한 거예요?"

아오이의 웃는 얼굴이 눈부셔서 아찔해진다.

……이대로 집에서 아오이와 느긋하게 시간을 보내고 싶다는 철없는 어른의 사고가 머릿속을 스친다.

나는 아직 휴일 후유증이 남은 자신에게 쓴웃음이 났다.

◆

그렇지만, 나는 직장인이다. 아오이에게는 '알겠어, 약속할게!'라는 말을 남기고 애끓는 심정으로 집을 나섰다.

아오이는 학업과 가사를 양립하고 있다. 내가 '싫어, 싫어, 일하러 안 갈래! 아오이와 집에서 놀고 싶어!'라는 멋대가리 없는 말을 농담으로라도 할 수 있을 리가 없다.

최근, 아오이는 나를 칭찬해 준다. 크리스마스 때도 '아저씨가 아니라 멋진 오빠'라고 해 주었다. 이 기세를 몰아 일도 집안일도 열심히 해서 능력 있는 남자가 되어야지.

회사에 도착할 즈음에는 머리는 이미 업무 모드로 바뀌어 있었다.

사무실 문을 열고 인사한다.

"좋은 아침입니다. ……응?"

이미 사원 몇 명이 출근했는데 아무도 내 쪽을 보지 않는다. 다들 한 곳에 모여 심각한 얼굴로 잠자코 있다.

……밤새운 듯한 이 공기는 오랜만이네. 몇 번쯤 경험한 적이 있어서 대충 짐작이 간다.

자리에 앉아 가방을 놓고 사람들이 모여 있는 곳으로 갔다.

사원들의 중심에는 여성 사원이 있다. 나의 1년 선배인 야마다 씨다. 죄송하다면서 연신 고개를 숙이고 있다.

"죄송합니다, 정말 죄송합니다……!"

"이미 엎질러진 물은 주워 담을 수 없어. 그보다도 앞으로 어떻게 해야 할지 다 같이 고민해 보자. 괜찮아. 우리가 있으니까."

필사적으로 사과하는 야마다 씨를 치즈루 씨가 다독인다.

예감은 확신으로 바뀌었다.

분명 뭔가 중대한 실수가 발견되어 문제가 터진 것이다.

"치즈루 씨. 무슨 일이에요?"

그렇게 물으니, 치즈루 씨가 나를 쳐다보았다.

"아, 유야. 실은 좀 번거로운 문제가 생겼어. 어떤 고객의 의뢰한 시스템 개발 안건이 있는데 설계 단계에서 치명적인 실수가 있었나 봐. 그런데 그걸 눈치채지 못하고 구축해 버렸지, 뭐야. 실수는 납품 후에 알았고……."

"납품 후에요?! 일 났네요……. 그런데 사전에 발견을 못 했다고요?"

일반적인 작업 공정으로는 구축한 프로그램의 동작 테스트를 진행한다. 이 테스트 단계에서 오류를 잡아낼 수 있었을 텐데…….

의아하게 여기니 야마다 씨가 울 듯한 얼굴로 우리 쪽을 보았다.

"납기가 촉박해서 제가 테스트를 간략하게 했거든요……. 그래서 중대한 오류를 발견하지 못했어요."

"그랬군요……."

……상황이 상당히 곤란하다. 설계 오류는 하루 이틀로 끝날 작업량이 아니다.

"재납품하게 되겠죠? 새 납기는 언제래요?"

"현재, 거래처 쪽에서 오류를 지적받은 단계라 자세한 건 안 정해졌습니다."

"……오류를 해결하는 건 시간이 얼마나 걸릴 것 같나요?"

"복잡한 시스템은 아니지만, 그래도 2주 정도는……. 그런데 다른 멤버도 다음 프로젝트에 착수 중이라 풀가동하지를 못해요. 어쩌면 야근하면서 진행해야 할 수밖에 없을 것 같아요……."

"2주도 빡빡한가요……?"

"네……."

또다시 무거운 공기가 사무실에 내려앉는다.

야마다 씨의 얼굴이 창백해졌다. 눈에는 눈물이 어렸고 주먹은 힘껏 쥐고 있다.

문득 예전의 내가 떠올랐다.

지지리도 일을 못 했던 신입 사원 시절. 나도 자주 실수했기에 결코 능력 있는 사원은 아니었다. 개발 중인 애플리케이션의 데이터를 삭제하는 엄청난 실수를 한 적도 있었다.

내가 실수했을 때 항상 옆에서 격려해 주고 손을 내밀어 준 사람이 있었다.

바로 치즈루 씨다.

치즈루 씨는 일을 따라가지 못하던 나를 내버려 두지 않고 상냥하게 위로해 주었다.

'1년 차 때는 누구나 다 서투르기 마련이야. 앞으로 익혀 나가면 돼.'

'너도 언젠가 훌륭한 전력이 될 거야. 그때까지는 술도 잘 마시게 되어야 한다?'

이런 식으로 농담을 섞어서 말이다.

야근의 연속으로 지치고 피곤에 절은 회사원이었던 내가 지금 회사를 관두지 않았던 건 그런 멋진 상사가 있어 줬기 때문이다.

나는 치즈루 씨의 작업 태도를 동경했다.

하지만.

이제는 동경하기만 하는 내가 아니다.

"야마다 씨, 제가 도울게요."

"네……?"

야마다 씨가 눈이 휘둥그레져서 놀란 표정을 짓는다.

"그, 그렇지만 아마에도 안건 맡고 있는 게 있으니 힘들 텐데……."

"괜찮아요. 맡겨 주세요."

"그럴 수는, 내 실수인데……."

"누구든 실수할 수 있다고 생각합니다. 제가 실수했을 때도 항상 다 함께 도와주셨잖아요. 곤란할 때는 서로 돕고 돕는 거죠."

이런 때, 치즈루 씨라면 솔선수범해서 도왔을 것이다. 상냥하게 '해결책을 함께 생각하자'라는 말과 함께 이끌어 줬을 것이다.

나도 그렇게 의지할 수 있는 사람이 되고 싶다고…… 그렇게 생각했다.

"……후후. 선수를 뺏겨 버렸네."

큰일 난 상황에 치즈루 씨가 기쁜 듯 웃고 있다.

"유야, 나도 도와줄게."

"어, 정말요? 치즈루 씨가 도와 주시면 일당백이죠!"

"이봐, 백 명은 너무 적지. 눈치껏 일기당천 정도는 말했어야지."

치즈루 씨가 농담으로 되받아친 그때, 뒤에서 '저도 있어요'라는 목소리가 들렸다.

뒤돌아보니 이이즈카 씨가 손을 들고 있었다.

"언니, 저도 도울게요. 일정은 유야가 관리하니까 괜찮을 거예요. 그렇지?"

이이즈카 씨가 눈꼬리에 주름을 잡으며 장난스럽게 웃었다.

이이즈카 씨는 우리 팀의 에이스다. 거기다 치즈루 씨에게 '발등에 불이 떨어지면 불타오르는 타입'이라는 보증도 받았다. 지금 같은 위기 상황에서 도와줄 수 있다니 고마울 따름이다.

그리고 다른 사원들도.

"내가 도울 만한 일은 없어?"

"나도 오래는 못 하더라도 야근할 수 있어!"

제각기 따뜻한 손길을 건넨다. 아까와는 다르게 사무실에서 무겁고 어두운 분위기가 사라졌다.

야마다 씨가 우리 모두에게 고맙다고 말하면서 머리를 숙였다. 조금 전까지는 침울해했는데 지금은 안도의 미소를 띠고 있다.

사무실의 광경을 흐뭇하게 바라보는데 이이즈카 씨가 내 옆으로 다가왔다.

"유야, 제법인걸. 멋있던데?"

이이즈카 씨가 '이야~' 같은 소리를 하며, 팔꿈치로 내 옆구리를 찔렀다.

"아니에요, 멋지기는요……. 저는 그저 치즈루 씨처럼 되고 싶었을 뿐이에요."

"술고래가 되고 싶어?"

"네, 네. 피처를 직접 꿀꺽꿀꺽……. 설마 되고 싶은 게 술고래겠어요?!"

"아하하! 하긴!"

호쾌하게 웃은 뒤, 이이즈카 씨가 '근데 말이야'라며 덧붙인다.

"조금 전에는 언니 같았어. 듬직해졌다고 생각했는걸?"

이이즈카 씨가 그렇게 말하고는 기지개를 켜면서 자기 자리로 돌아갔다.

솔직히 나와 치즈루 씨는 하나부터 열까지 다 다르다. 스킬은 하늘과 땅 차이인 데다 치즈루 씨가 훨씬 더 효율적으로 일한다.

하지만 존경하는 상사처럼 행동했다면 피곤에 찌들어 있던 그 시절보다 성장했을지도 모른다.

"유야. 잠깐 나 좀 볼까?"

치즈루 씨가 불렀다.

"네. 무슨 일이세요?"

"이 뒤에 말인데. 나는 자세한 정보를 공유하고 나면 고객에게 사죄를 드리고 납기에 관한 의논을 하게 됐어."

"어……. 아니에요, 제가 사과드리러 갈게요. 제가 먼저 말 꺼낸 거기도 하고요."

"됐어. 부하들의 실수를 책임지는 게 내 일이니까. 네가 나설 차례는 아직 멀었어. 이번에는 상사로서의 면도 세우고 폼 좀 잡게 해 줘."

"치즈루 씨……."

정말로 의지할 수 있는 사람이다. 이 사람과 같은 회사라 정말 다행이라고 진심으로 생각한다.

"알겠습니다. 잘 부탁드릴게요. 아무 힘도 못 되어서 죄송합니다……."

"하하. 그건 괜찮은데 만약 납기를 연장해 준다고 해도 일정이 꽤 급하게 돌아갈 거야. 너, 정말 괜찮겠어?"

"네. 제 담당 안건은 여유가 있는 데다 문제가 없거든요."

"일 얘기가 아니야. 내가 걱정하는 건 아오이 양이야."

"아오이……요?"

"그래. 당분간 야근 지옥일 텐데. 아오이와 같이 보내는 시간이 줄잖아. 내가 마음에 걸리는 건 그 점이야."

"그, 그러네요……!"

상황이 안 좋아서 그만 깜박했다. 나는 오늘 아침에 아오이에게 '정시에 퇴근해서 올게'라고 약속하지 않았던가.

거기다 야근하는 건 오늘뿐만이 아니다. 당분간은 아오이를 외로워하게 하고 말겠지.

"유야. 일정 나름이지만, 네 부담은 줄여 둘게."

"아뇨, 괜찮습니다. 먼저 돕겠다고 나선 제가 발을 뺄 수는 없죠. 그렇지만……."

"응?"

"아오이에게 너무 미안해서 우울해요……. 약속도 못 지키는 형편없는 남자라 미안하다……."

"풋……하하하! 너는 정말 웃기는 녀석이야!"

치즈루 씨가 폭소하고 내 등을 철썩철썩 때렸다. 우울해하는 후배더러 웃기다니, 악마냐고.

"아, 배 아파."

"너무 웃으시네요, 치즈루 씨. 저, 진짜로 우울하거든요?"

"미안해. 나중에 나도 아오이 양에게 연락해서 좋게 말해 줄게."

"감사합니다……. 어?! 아오이 연락처를 어떻게 아세요?!"

"사원 여행 갔을 때 교환했어. 뭐, 연락처 교환 정도는 괜찮잖아."

그다지 괜찮지 않다. 이 사람은 미성년자에게 악영향을 끼칠 게 분명하다.

나의 항의는 아랑곳하지 않고 치즈루 씨는 '좋았어'라며 기합을 한 번 더 넣는다.

"자. 우선은 회의부터 해야지. 다녀올게."

그렇게 말하고 치즈루 씨가 자리를 떴다.

거래처 쪽에도 서둘러 연락을 넣어야 한다. 아마 치즈루 씨는 오늘 눈코 뜰 새 없이 바쁠 거다.

나도 일을 시작하기 전에 해야 할 일이 있다.

휴대폰을 꺼내 메시지 앱을 켠다.

「이따가 점심시간에 전화해도 돼?」

아오이에게 그렇게 메시지를 보냈다.

약속을 지킬 수 없게 된 것을 제대로 사과해야지.

◆

오류 건에 대해 진척이 있었다.

치즈루 씨가 거래처에 연락을 넣으니, 호되게 나무란 모양이다. 우리 쪽 실수로 재납품하게 된 건 당연하다.

거래처에서 제시한 납품 기한은 2주 후였다. 솔직히 말해서 꽤 융통성 있는 기한이라고 생각한다. 분명 치즈루 씨가 잘 교섭한 것이리라.

우리 쪽에는 치즈루 씨와 이이즈카 씨를 비롯해 믿음직스러운 구원 투수가 많다. 납기는 어떻게든 맞출 것이다.

다만, 우리도 각자 담당 중인 프로젝트가 있다. 다른 프로젝트들과 병행하면서 진행해야 하므로 역시 잔업은 피할 수 없다.

오전 업무를 마치고 지금은 점심시간이다.

평소에는 밖으로 먹으러 나가는 사람도 있지만, 오늘은 그런 사람이 적다. 편의점에서 사서 가볍게 식사를 끝내는 사람이 많은 건 아마 바쁘기 때문이겠지. 나도 점심은 샌드위치다.

서둘러 샌드위치를 먹고 사무실을 나선다. 물론 아오이에게 전화하기 위해서다.

사무실 빌딩 뒤편에 있는 작은 공원으로 갔다. 평일 점심이어서 아이들이 별로 없다.

나는 파란 벤치에 앉아 아오이에게 전화를 걸었다.

통화음이 몇 번 가고, 아오이의 목소리가 휴대폰 너머로 들려왔다.

「여보세요.」

"아오이. 갑자기 연락해서 미안. 지금 통화 가능해?"

「괜찮아요. 점심시간이라 인적이 드문 교사 뒤편에 와 있거든요.」

"그렇구나······. 있잖아. 사과할 일이 있어서 전화했어."

「사과요?」

"응. 오늘 일찍 퇴근할 수가 없게 됐어. 그뿐만이 아니라 당분간 계속 야근해야 할 것 같아."

「······무슨 일 있어요?」

"실은 우리 회사에서 큰 실수를 저지르는 바람에——."

변명은 전혀 대지 않고 오류가 발생한 것, 그래서 재납품을 돕게 된 경위를 아오이에게 설명했다.

「아하, 그런 일이 있었군요.」

"미안해, 아오이. 약속 못 지켜서. 그것도 모자라서 당분간 밤늦게까지 일하게 돼서……. 정말 미안."

아오이는 외로움을 많이 탄다. 오늘도 출근하기 전에 나를 껴안으면서 외로운 것을 밤까지 참아 보겠다고 했다. 야근을 계속해야 한다는 내 말에 분명 실망했을 터다.

그렇게 불안해하는데.

「알겠어요. 일, 힘내요. 파이팅해요!」

예상과는 달리 밝은 목소리가 돌아왔다.

"아오이, 괜찮아?"

「아뇨. 괜찮다고 하면 거짓말이겠죠.」

"역시 그렇지……. 진짜 미안해."

「사과하지 말아요. 외롭겠지만, 그 이상으로 기뻐요. 오빠가 오빠답게 행동한걸요.」

"나답다고?"

「멋있다는, 의미예요.」

'그렇잖아요?'

그렇게 덧붙이면서 아오이가 말을 이어 나갔다.

「유야 오빠는 실수한 동료를 위해서 솔선수범해 돕겠다고 한 거잖아요.」

"음……. 그렇게 되나."

「이해돼요. 저는 그런 자상하고 듬직한 오빠를 좋아하게
된 거니까요.」

"아오이……."

「후후. 만약 동료를 저버리고 정시에 퇴근해서 집에 왔다
면 화를 냈을지도 모르겠어요.」

아오이가 농담조로 말하며 웃었다.

생각지도 못한 말에 가슴이 뜨거워진다.

말은 이렇게 해도 아오이도 나와 보내는 시간이 줄어서
슬플 것이다. 아직도 곰 인형과 대화하면서 쓸쓸함을 달래
는 듯하니까.

그래도 웃으면서 내 등을 밀어 주었다.

사양하지 않고, 참지 않고 '힘내'라고 응원해 주다니…….
아오이의 마음 씀씀이에 정말 고맙다.

이토록 기특하고 상냥한 여자 친구에게 기운을 얻었다.
기운 낼 수밖에.

"고마워, 아오이."

「뭘 그런 말을 해요. 오빠도 이상해요.」

"나를 언제나 지탱해 주니까. 좋아해, 아오이."

「그, 그런 부끄러운 말을 전화로 하지 말아요.」

"알겠어. 얼굴 보고 할게."

「무, 무슨 소리를……. 바보.」

토라진 듯한 목소리로 말해서 나도 모르게 웃고 말았다.

"아하하. 근데 정말 고마워. 일, 열심히 할게."

「네. 저녁 만들어 둘 테니까 전자레인지로 데워서 먹어요.」

"고마워. 잘 먹을게."

「하여간. 다 고맙대……. 아, 종 쳤어요. 그만 들어가 봐야 할 것 같아요.」

"그렇구나. 그럼, 끊을게."

「네. 밤늦게 돌아올 때는 조심해요. 그리고 간식은 되도록 초콜릿을 먹고요. 포도당과 카카오 폴리페놀이 함유되어 있으니까요……. 아, 하지만 너무 많이 먹으면 안 돼요? 역으로 몸이 안 좋아지니까. 그리고 수면 부족은 업무의 천적이니까 집에 오면 얼른 자요. 그리고—.」

휴대폰 너머로 들리는 잔소리가 평소보다 더 사랑스럽다.

나는 아오이의 충고에 '응, 알겠어'라며 웃으며 맞장구를 치면서 들었다.

◆

야근 첫날.

사무실을 나온 건 밤 11시쯤이었다. 치즈루 씨가 진두지휘하며 사원 몇 명이 늦게까지 일에 쫓겼다.

그중에는 이이즈카 씨도 있었다. 사내에서 가장 손이 빠른 프로그래머인 이이즈카 씨에게는 치즈루 씨도 업무를 많이 맡긴 모양이었다. 그 이이즈카 씨가 '히잉. 언니가 독사가 됐어'라며 우는소리를 할 정도다.

그렇지만 치즈루 씨는 부하를 돌볼 줄 아는 상사다. 도넛을 사 와서 돌리거나 다독이면서 이이즈카 씨의 멘탈을 신경 썼다. 아무리 바빠도 주변을 볼 수 있다는 건 정말 대단하다고 생각한다.

이렇게 밤늦도록 야근하는 게 얼마 만인가. 아오이와 살기 시작한 뒤로는 거의 없었던 것 같다.

하지만 혼자서 일을 다 떠안았을 때와는 상황이 다르다. 지금은 동료와 협력해서 목표 달성을 향해 업무를 한다. 그것만으로도 마음이 든든했다.

집에 오니, 집 안이 어두웠다. 아오이는 이미 자겠지.

"……조용하네."

평상시에는 아오이가 웃으며 맞아 준다. 오늘은 그게 없다. 외로움을 느끼면서 불을 켰다.

식탁 위에 돼지고기 생강구이가 랩에 쌓여 놓여 있었다. 그 옆에는 튀김만두도 있다. 배가 상당히 고프기에 반찬을 많이 만들어 둔 게 고맙다.

반찬 옆에는 쪽지가 있었다. '샐러드는 냉장고에 있어요'라고 쓰여 있다.

"……고마워, 아오이."

고맙다고 혼자 중얼거리는 그때, 아오이의 방문이 열렸다.

"오빠, 어서 와요. 고생했어요."

아오이는 잠옷 차림이었다. 졸린 눈을 비비며 미소 짓는다.

"다녀왔어. 미안, 내가 깨웠어?"

"아뇨. 꾸벅꾸벅 졸긴 했는데 별로 자지는 못했어요. 오빠가 밥을 제대로 먹을까 걱정돼서."

아내는커녕 과보호하는 엄마 말투였다. 전자레인지 정도는 돌릴 수 있는데 말이지…….

"그렇구나……. 오늘처럼 늦는 날이 계속될 것 같아. 이런 시간까지 깨어 있으면 피곤할 테니까 앞으로는 자. 알았지?"

"네. 근데 오빠가 더 피곤하잖아요. 고생 많았어요. 참 장해요."

아오이가 발돋움하여 내 머리를 쓰다듬었다.

이런 상을 받을 수 있다면 얼마든지 더 기운 낼 수 있어.

……이렇게 말하면 아오이가 또 응석 부릴지도 모른다. 괜히 주책 떨지 말자.

"좋았어! 아오이의 맛있는 요리를 먹고 파이팅 해야지!"

"그러면 내일도 맛있게 만들어야겠네요."

"그럼, 나도 더 열심히 일할 수 있겠다. 굉장한데. 무한 파이팅이야."

"후후. 그게 뭐예요. 이상한 오빠네요."

이런 실없는 대화를 하는 시간조차 조금밖에 없다. 큭……. 아오이가 잔뜩 응석 부리게 하고 싶은데!

몽글몽글한 마음으로 잘 자라는 인사를 나누었다. 아오이는 아쉬운 기색을 내며 방으로 들어갔다.

반찬을 전자레인지로 데우고 냉장고에서 샐러드를 꺼냈다.

저녁은 식탁에 늘어 두고 의자에 앉는다.

원래는 맞은편에 앉는 아오이의 모습이 오늘은 없다.

"잘 먹겠습니다."

조용한 실내에 내 목소리가 울렸다.

오랜만에 혼자 저녁을 먹으니 역시 좀 쓸쓸했다.

◆

밤새 푹 자고 아침을 맞이했다.

채비를 마치고 식탁에 앉는다.

식탁에는 가정식이 차려져 있다. 밥과 연어구이, 된장국, 그리고 무 샐러드. 그야말로 일본인의 전형적인 아침 메뉴이다.

교복을 입은 아오이가 앞치마를 벗고 자리에 앉았다.

둘이 잘 먹겠다는 인사를 하고 젓가락을 든다.

"음. 연어 맛있다."

감상을 말했는데 대답이 없다. 아오이가 나를 빤히 쳐다보며 뭔가 하고 싶은 말이 있는 듯 머뭇거린다.

그를 눈치챈 내가 일단 젓가락을 내려놓았다.

"아오이, 하고 싶은 말이라도 있어?"

"저기…… 실은 오빠에게 상담하고 싶은 게 있어요."

아오이가 진지하게 말했다.

상담이라……. 뭘까.

지금껏 아오이의 부탁을 많이 들어주었지만, 이렇게까지 진지한 얼굴을 한 적은 없다.

비장한 각오를 느낀 내가 허리를 곧추세웠다.

"뭔데?"

"그……. 저, 아르바이트를 해 보고 싶어요."

"아르바이트?"

솔직히 놀랐다. 아오이는 아르바이트 같은 걸 적극적으로 할 타입이 아니라고 생각했기 때문이다.

어떤 조건이냐에 따라서 참견하게 될지도 모르지만, 아르바이트하는 것 자체는 나쁘지 않다. 좋다고 본다.

다만, 한 가지 마음에 걸리는 게 있다. 아오이가 갑자기 아르바이트를 하고 싶어진 동기다.

설마…….

"혹시, 내가 주는 용돈이 부족했어?"

"네?"

"미안. 직장인이 되니까 요즘 고등학생의 씀씀이가 어떤지 몰라서……. 그렇구나. 하긴 여자니까 화장품도 사야 할 테고 남자보다 돈이 많이 들겠네. 알겠어. 오늘 점심시간에라도 아줌마께 연락드려서 빨리 용돈 인상 조정을……."

"후후. 뭐예요. 그런 거 아니에요."

헛다리를 제대로 짚었는지 아오이가 웃는다.

"아니야? 난 또 용돈이 적어서 아르바이트하고 싶어 하는 줄 알았지."

"아뇨. 용돈은 충분해요. 걱정하지 마요."

"다행이다. 그러면 왜 아르바이트를 하고 싶은 거야?"

"그게……. 실은 루미가 같이 하자고 했어요."

"루미가?"

"네. 루미네 집 근처에 있는 카페에서 같이 일하자고요. 원래 일하시던 분들이 여행하러 가거나 입원하셔서…… 일시적으로 일손이 부족하대서 급하게 사람을 구한다나 봐요."

"일시적이라면…… 단기 아르바이트야?"

"네. 실제로 일하는 건 2주 안팎이라고 했어요. 루미가 그 카페 사장님네랑 가족끼리 친해서 꼭 좀 도와 달라고 해서요……. 저도 힘을 보태고 싶어요."

그렇구나. 그런 이유였군.

루미의 지인이 하는 가게라면 안전할 테고 노동 환경도 가혹하지 않을 듯하다. 나로서는 안심할 수 있다.

아르바이트를 처음 하는 아오이도 친구와 함께한다면 마

음이 편할 테니, 좋은 사회 경험도 되겠지. 게다가 단기 아르바이트라고 하니 학업에 지장이 가지도 않을 것이다.

음. 허락해도 괜찮을 것 같아.

긴장한 아오이에게 내가 미소를 지었다.

"아르바이트 지망 동기가 아오이다워서 좋네……. 알겠어. 해도 돼."

"정말요?"

"응. 대신 만일을 대비해 아줌마께도 허락을……."

"아, 엄마한테는 어제 연락드렸어요."

"벌써 했어?"

"네. 격하게 찬성하시던걸요. '아오이가 일하는 모습을 못 봐서 아쉬워'라면서 억울해하실 정도로."

"그, 그렇구나……."

아무리 그래도 딸내미가 일하는 모습 보겠다고 귀국하고 그러시지는 않겠지? 딸을 극진히 아끼는 분이니 가능성이 아예 없지는 않은 게 무섭다.

"오빠. 허락해 줘서 고마워요."

"천만에. 놀라긴 했지만, 기뻤어. 아오이가 본인이 하고 싶은 일을 확실히 말해 줘서. 첫 사회생활, 힘내."

"네! 열심히 할게요!"

생긋 웃고 연어를 바르기 시작하는 아오이. 정말 기뻐 보인다. 어지간히 루미와 카페에서 일하고 싶었나 보다.

아르바이트가 그렇게 하고 싶었나……. 그러고 보니 나도 고등학생 때는 아르바이트하는 걸 부러워했지. 그 나이 때는 그런 마음이 드는 걸지도 모르겠어.

"면접 보는 날은 잡혔어?"

"오빠한테 허락받았으니까 오늘 가게로 가 볼게요. 면접 후에 바로 일하게 될지도 모른다고 했어요."

면접 보고 바로 일하는 건가. 정말로 손이 부족한가 보네.

"하아. 야근만 안 하면 아오이가 일하는 모습을 보러 갈 수 있을 텐데. 아쉽다."

"오면 안 돼요. 부끄러워요."

"반대 입장에서 생각해 봐. 만약 내가 일하는 회사에 견학 올 수 있다고 하면 아오이는 어떨 것 같아?"

"꼭 갈 거예요."

"오면 안 돼. 부끄러워."

"치! 따라 하기 금지예요!"

볼을 잔뜩 부풀리고 화내는 아오이가 웃겨서 나도 모르게 웃음이 터졌다.

이렇게 따뜻한 시간을 보낼 수 있는 건 아침뿐이다. 당분 간은 밤에는 거의 얼굴을 볼 수 없으리라.

그렇기에 아침 식사 시간을 소중히 하고 싶다.

하지만 그렇다고 특별한 건 안 해도 된다고 생각한다. 아오이의 활기찬 미소를 볼 수 있다면 그거로 족하다.

"아하하. 따라 한 거 안 비슷했어?"

"그런 문제가 아니에요! 정말이지……. 후후."

서로 쳐다보다 자연스레 미소 지어진다.

어젯밤에 혼자 먹던 때와 다르게 즐거운 아침 식사 시간을 보냈다.

◆

그날 오후의 일이다.

자리에서 일어나 창밖을 본다. 해가 서쪽으로 저물면서 거리가 꼭두서닛빛으로 물들었다.

일전의 오류 건은 잔업으로 진행할 예정이다. 지금은 아직 통상 업무 시간이다. 우리는 각자 담당한 프로젝트를 평소대로 진행했다.

나는 이이즈카 씨의 책상으로 가서 말을 걸었다.

"이이즈카 씨. 작년 말에 부탁드린 건은……."

"문제없어, 유야! 순조! 쾌조! 호조야!"

"그, 그렇군요. 감사합니다……."

"그래! 안심하라고, 후배여!"

이이즈카 씨가 득의양양하게 가슴을 폈다.

오늘은 묘하게 업되어 있네. 평소보다 눈빛도 빛나는 것 같고……. 왜 이렇게 기운차시지?

당황하며 이이즈카 씨의 책상으로 시선을 옮긴다. 책상에는 빈 에너지 음료가 굴러다니고 있었다.

나는 안다……. 이이즈카 씨가 에너지 음료를 마셨다는 건 납기에 쫓겨 '야근 돌격' 모드로 돌입했다는 증거라는 것을!

그렇군. 잔업에 대해 이미 임전 태세를 갖춘 건가.

"아, 그렇지. 아까 언니가 찾던데."

"네? 저를요?"

무슨 일이지. 이 뒤에 진행할 작업에 관한 회의 때문인가?

"알겠습니다. 치즈루 씨께 가 볼게요. 실례하겠습니다."

"응. 다녀와~."

손을 흔드는 이이즈카 씨에게 가볍게 인사하고 치즈루 씨 책상으로 향한다.

……응?

치즈루 씨의 책상이 있는 방향에서 장렬한 키보드 음이 들린다. 가까이 갈수록 소리는 점점 커졌다.

타닥타닥타닥타닥타닥타닥!

타닥타닥타타타타타타타타타타타탓!

탈칵!

치즈루 씨가 무시무시한 속도로 키보드를 치고 있었다. 저런 속도로 치면 키보드가 부서질 것이다.

다 쳤는지 치즈루 씨가 한숨을 후 쉬었다.

"생각보다 어렵군. 지뢰 찾기가."

"지뢰 찾기 한 거였어요?!"

지뢰 찾기 게임은 고속 타이핑으로 하는 게임이 아니지 않나?!

"어, 유야. 마침 잘 왔어. 찾고 있었거든."

"찾고 있었던 것처럼은 안 보이는데요……."

"그렇게 흘겨보지 마. 농담한 거야. 이거 봐."

치즈루 씨가 가리킨 컴퓨터 화면을 보니, 글자로 빼곡했다. 아무래도 코드를 넣고 있었던 것 같다.

"다행이네요. 제대로 일하고 계시는군요. 안심했어요."

"너는 나를 뭐라고 생각하는 거야. 지급은 업무 중이잖아. 술은 마시고 싶어 해도, 놀지는 않는다고."

"술도 마시면 안 됩니다!"

치즈루 씨는 책상에 에너지 음료 대신에 맥주 캔이 굴러다닐 것 같아 불안하다.

"이런. 그냥 농담한 건데 점점 마시고 싶어져. 아아, 술이 그리워……. 하? 지금, 나한테 술이 애인인 형편없는 인간이라고 했냐?"

"아무 말도 안 했거든요……. 근데 저는 왜 찾으셨어요?"

"아아, 참."

치즈루 씨가 내 어깨를 손을 턱 올렸다.

"업무 지시를 할게. 6시까지는 아직 30분 정도 남았어. 잔업 할 거면 슬슬 쉬고 와."

"쉬고 오라고요? 아뇨, 안 쉬어도 괜찮은데요…….."

"그런 말 말고. 쉬는 것도 일하는 거야."

'그리고'라며 치즈루 씨가 덧붙인다.

"요즘 늦게 퇴근해서 아오이 양과 제대로 대화도 못 할 거 아니야. 쉬면서 메시지를 보내도 좋고, 전화도 좋겠지. 연락이라도 하는 게 어때? 외로움을 많이 타잖아."

"아오이까지……."

이렇게 바쁜데도 부하의 사생활까지 신경 쓰고……. 역시 치즈루 씨는 대단해.

"감사합니다, 치즈루 씨. 그러면 쉬고 올게요."

"다녀와. 자, 나도 한숨 돌릴까……. 유야. 이따가 너희의 사랑 이야기를 들려주지——."

"싫은데요?!"

"하하하. 아오이 양이 어떻게 응석 부릴지 기대되는데. 그럼."

농담을 남기고 치즈루 씨는 자리를 떴다. ……그냥 하는 말이지? 사랑 이야기 따위 절대 안 할 거라고.

"어디……. 나도 아오이한테 연락하러 가 볼까."

사무실을 나와 건물 2층에 있는 카페로 갔다.

계산대에서 커피를 주문하고 컵을 들고 빈자리에 앉는다.

커피를 마시며 휴대폰을 꺼냈다.

지금쯤 아오이는 면접을 보는 중일까.

오늘부터 일 시작할지도 모른다고 했지……. 연락해도 되려나?

일단 메시지를 보내 보자.

「면접 보느라 고생했어. 잘 봤어?」

메시지를 보내자, 곧바로 읽는다.

「오빠도 고생했어요. 저는 무사히 붙었어요.」

그렇게 메시지를 보내고는 이어서 의기양양한 표정의 곰 이모티콘을 보냈다.

「축하해, 아오이! 잘했어!」

「고마워요. 당장 오늘부터 일하게 됐어요.」

「그렇구나. 힘내. 지금은 뭐 해?」

「사장님이 유니폼을 준비해 주신대서 기다리고 있어요.」

「그렇구나. 역시 유니폼을 따로 입는구나.」

「네. 첫 아르바이트라서 좀 긴장돼요…….」

「아오이라면 괜찮을 거야. 실패해도 되니까 차분히 일하고 와.」

집에서 아오이의 평소 모습을 본바, 일은 빠릿빠릿하게 잘할 것이다. 접객은…… 약간 낯가리는 면이 있어서 걱정이다.

아아, 야근만 안 하면 퇴근하고 들어가는 길에 카페로 보러 갈 텐데. 아오이가 훌륭히 일하는 모습을 내 눈으로 직접 보고, 료코 아줌마께 보고하고 싶었단 말이지.

커피를 홀짝이며 답장을 기다리지만, 새로 오는 메시지가 없다. 벌써 유니폼으로 갈아입고 일할 준비를 하러 간 걸까.

오늘은 아오이를 응원해 줄 수 있었던 것만으로도 만족하자.

메시지 앱을 끄려는데 아오이가 사진을 보냈다. 아오이와 루미 둘이 찍은 사진이다.

커피를 마시며 사진을 확인한다.

"아, 유니폼 입은 사진이다……. 푸핫!"

예상과는 다른 사진을 보고 나도 모르게 커피를 뿜고 말았다.

두 사람이 입고 있는 옷은 메이드복이었다.

머리에는 하얀색 머리띠. 가슴께에는 가는 빨간색 리본. 검은색 롱 원피스 위에 순백색 앞치마를 입고 있다. 노출은 없는 고전적인 타입이다.

수줍어하는 아오이의 모습은 마치 주인을 섬기는 부지런하고 한결같은 메이드처럼 보였다. 한편, 루미는 명랑하고 장난기 많은 메이드 같았다.

어쩌지. 너무 귀여워서 고통스러운데. 이런 미소녀 메이드가 맞아 주는 카페가 존재한다고?

심장이 벌렁거리는데 아오이에게서 메시지가 왔다.

「어때요, 오빠? 놀랐어요?」

「응. 엄청나게 놀랐어. 유니폼 잘 어울리네.」

「고마워요. 저번에 모임 때, 오빠가 제가 메이드복 입은 걸 보고 싶다고 해서…… 서프라이즈 성공했네요!」

그러고 보니 그런 말을 했었지……. 반은 농담처럼 한 대화였는데 기억해 줬나 보구나.

「고마워, 아오이. 덕분에 기운이 났어.」

「다행이에요. 오빠도 일 힘내요!」

「응, 힘낼게. ……그런데 카페라는 게 혹시 메이드 카페는 아니지?」

「아니에요. 그냥 커피만 파는 오래된 카페예요. 유니폼은 사장님 취향이래요.」

「공사를 가리질 않는구나……. 그러면 메이드처럼 접객하지는 않는구나? 그 왜, 만화책이나 애니메이션에서 자주 보이잖아. 오므라이스에 대고 '맛있어져라~'라면서 마법 주문을 거는 거.」

「그, 그런 부끄러운 짓 안 해요. 바보.」

「아하하. 역시 그렇지?」

「그…… 집에서라면, 해 줄 수도 있어요.」

메시지의 글만 봐도 아오이가 쑥스러워하는 게 눈에 선하다. "'맛있어져라'라니……."

메이드 차림을 한 아오이가 두 손으로 하트를 그리며 '맛있어져라, 맛있어져라~! 모에모에 큥☆'이라고 말하는 모습을 상상해 본다. ……응. 미치도록 귀여워서 오므라이스 열 접시는 먹을 수 있겠어!

거때요, 오빠?

수줍어하면서 마법 주문을 거는 아오이를 보고 싶은 마음
이 있지만, 나는 성인이다. '와~!' 하고서 기뻐할 수는 없다.
평정을 가장하고 답장하자.

「그런 거 안 해도 아오이가 만든 오므라이스는 맛있어. 달
걀이 폭신폭신한 게 정말 좋아.」

「정말요? 그러면 오늘 저녁은 오므라이스를 할게요.」

「앗싸. 기대할게.」

「네. 아, 이제 일 시작한대요. 가 볼게요. 오빠도 무리하지
말아요.」

「고마워, 열심히 해.」

대화를 끝내고 커피를 마신다.

어쩐지 몸도 마음도 가벼워진 기분이 든다. 아오이와 대
화할 수 있어서 기분이 환기되었는지도 모른다.

"자, 나도 다시 일하러 가 볼까."

컵을 반납대에 놓고 '잘 마셨습니다'라고 인사한 뒤 카페
를 나선다. 밖은 이미 어슴푸레해졌다.

이제부터 잔업 시간이다. 내일 이후로도 밤늦게까지 야근
해야 한다.

하지만 피곤에 찌든 회사원이었던 그 무렵보다도 힘들지
않다.

──야근의 나날을 얼른 끝내고 또 아오이와 둘이 저녁을
먹고 싶다.

그렇게 마음을 기댈 곳이 있기에 어떤 일이든 힘낼 수 있다.

◆

잔업 닷새째.

시각은 오후 4시가 넘었다.

나는 지난번 왔던 카페에서 휴식 중이다.

최근, 휴식 시간에는 아오이와 메시지를 주고받는 게 일과가 되었다. 그렇지만 아오이도 일하러 들어가기 전이라 연락할 수 있는 시간은 한정적이지만.

「얘기할 거 있어요, 오빠. 저 어제 처음으로 카운터를 봤어요.」

「굉장한걸. 실수 안 했어?」

「물론이죠. 사장님께도 '일머리가 있다'고 칭찬받았어요.」

「그랬구나. 처음 하는 아르바이트인데 좋은 곳이라 다행이야.」

「네. 같이 아르바이트하는 동료도 다 좋은 분들이고 손님도 상냥하신 분들이 많아요. 집처럼 편한 직장이에요.」

「아하하. 뭔가 구인 광고 같은 말투네.」

「후훗. 사실인걸요. 참, 그렇지. 어제는 루미가 큰 실수를 했는데——.」

아오이가 아르바이트하는 곳에서 있었던 일을 사소한 것

이라도 즐겁게 이야기해 준다.

　나와 아오이가 얼굴을 마주 보고 대화할 수 있는 건 아침 식사 시간뿐이다.

　그래서 이렇게라도 대화하는 게 중요하다고 생각한다. 아오이도 외로움을 달랠 수 있고, 나도 아오이의 이야기를 듣고 기운을 낼 수 있으니까.

　「아오이. 슬슬 일하러 갈 시간 아니야?」

　「아, 그러네요. 얘기하고 싶은 게 아주 많은데 하는 수 없네요. 일이니까.」

　「어, 어른스러운데.」

　「후후. 저는 벌써 다 큰 여자랍니다? 그럼, 오빠도 일 힘내요.」

　응. 아오이도 힘내.

　그렇게 답장하려고 하는데 휴대폰 진동이 울렸다.

　……아오이에게서 전화가 왔다.

　무슨 일이지. 뭔가 급하게 할 말이라도 있는 걸까.

　화면을 터치해 휴대폰을 귀에 갖다 댄다.

　"여보세요. 아오이? 무슨 일이야?"

　「저기……. 아주 조금, 인데요.」

　"응?"

　「조금만, 오빠 목소리가 듣고 싶어져서요.」

　가냘프게 응석을 부리는 목소리였다.

조금 전에는 어른스럽다고 생각했는데 지금은 그냥 응석 꾸러기 연하 여자 친구다.

"······이 응석꾸러기 달인 같으니."

「네? 뭐라고 했어요?」

「아니야. 나도 아오이의 목소리를 들을 수 있어서 기쁘다고 했어.」

「으익. 거짓말 같은데요. 또 어린애 취급한 거죠?」

「아하하. 그런 거 아니야, 안 했어.」

「흥!」

화내는 아오이를 어르며 일 힘내라며 응원을 보내고 전화를 끊었다.

"목소리가 듣고 싶어졌다라······."

아오이는 전화로 그렇게 말했다.

잔업을 하게 되고부터 아오이는 노골적으로 응석 부리거나 하지 않았다. 그래서 조금 전에 갑자기 응석 부려서 놀랐다.

······역시 쓸쓸하겠지.

남은 커피를 마시며 미안한 마음이 들었다.

◆

끝나지 않는 야근의 나날.

시시각각 임박하는 납기.

피곤함을 느끼면서도 우리는 순조롭게 업무를 헤쳐 나갔다.

분주하게 사무실을 뛰어다니는 나.

에너지 음료의 수에 비례해 타자 치는 속도가 빨라지는 이이즈카 씨.

이따금 '맥주우우'라며 연인에게 어리광을 피우는 듯이 말하면서도 척척 일을 해내는 치즈루 씨. 아무래도 퇴근길에 술집을 들를 시간이 없어서 스트레스가 쌓인 모양이다. 맥주가 원동력인 사람이라 좀 딱하다.

이러니저러니 하면서 조금씩이지만, 고지가 보이기 시작했다.

그렇게 맞은 잔업 열이틀째. 시각은 밤 10시를 넘어서 있다.

이렇게 야심한 시각에도 사무실에는 재납품 팀 사원이 남아 있었다. 모두의 시선이 치즈루 씨에게 쏠려 있다.

"다들, 들어 줘."

그렇게 말하고 치즈루 씨가 표정을 확 풀었다.

"방금 일단 시스템 확인을 마쳤어. 내일 아침에는 무사히 납품할 수 있어."

치즈루 씨의 보고를 듣고 다들 안도의 목소리를 내었다.

치즈루 씨가 모두의 얼굴을 보고 만족스러운 듯 고개를 끄덕이고는 이어서 말했다.

"계속 잔업 하면서도 우는소리도 안 하고 일해 준 거 알아. 납기에 맞출 수 있었던 건 모두의 덕분이야. 고마워. 그리고…… 애썼어!"

치즈루 씨의 인사가 끝남과 동시에 동료들이 '고생하셨습니다!'라고 외쳤다. 다들 웃으면서 가까운 자리에 있는 동료끼리 위로의 말을 건네고 있다.

"……후. 끝났네."

마음이 놓인 탓인지 그런 긴장이 풀린 말이 새어 나왔다.

이제 내일부터는 정시에 퇴근할 수 있다. 오랜만에 아오이와 함께 저녁을 같이 먹을 수 있어.

들뜬 마음으로 퇴근 준비를 하는데.

"저기, 아마에 씨."

불쑥 누군가 말을 걸었다.

시선을 돌린다.

돌아본 곳에는 본인의 실수에 죄책감을 느끼던 여성 사원
──야마다 씨가 서 있었다.

"야마다 씨. 납기를 맞췄네요. 고생하셨어요."

"고생했어요. 이번 일은 정말 고마워요. 아마에 씨 덕분에 살았어요."

"아하하. 제 덕이 아니에요. 모두가 열심히 도와준 덕분이죠."

"네, 맞아요. 그래도 다른 동료분들도 돕겠다고 나서게된 건 아마에 씨 덕분이니까요. 저, 진심으로 고마워하고 있어요."

"그, 그런가요? 왠지 좀 쑥스럽네요, 아하하……."

"미덥지 못한 선배라 미안해요. ……저, 더 열심히 할게요! 야마에 씨에게 도움이 필요할 때 도와줄 수 있는 선배가 될게요!"

"야마다 씨……."

"후후. 퇴근해 버리기 전에 인사와 제 의지를 전하고 싶었어요. 그럼 조심히 가요, 야마에 씨."

그렇게 말하고 야마다 씨는 손을 흔들며 멀어졌다.

도움이 필요할 때 도와줄 수 있는 선배라.

그 말을 듣고 가장 먼저 떠오른 사람은 치즈루 씨였다.

나는 조금이라도 치즈루 씨 가까워졌을까.

"……하하. 100년은 이르려나."

위대한 선배의 등은 아직 조금은 멀지만.

조금이라도 가까워졌다면 기쁠 거야.

그런 생각을 하면서 집에 갈 준비를 했다.

◆

그 후, 나는 치즈루 씨, 이이즈카 씨와 함께 회사 건물을 나섰다. 두 사람 다 피곤할 텐데도 어쩐지 만족스러운 얼굴을 하고 있다.

"드디어 끝났네. 둘 다, 정말 고생 많았어."

치즈루 씨가 건네는 위로에 우리는 웃으며 고개를 끄덕였다.

"이야, 빡세기는 했죠, 이이즈카 씨."

"그러게. 유야가 늦게까지 야근하는 거, 오랜만에 봤어."

"아하하. 이이즈카 씨도 마찬가지잖아요."

"그건 그래. 이제 에너지 음료 생활도 안녕이다!"

그러게 말하며 이이즈카 씨가 기지개를 쭉 켰다. 에너지 음료 생활이라는 단어가 재밌었는지 치즈루 씨가 웃고 있다.

"하하하. 이이즈카는 이이즈카답게 일하더라. ……그렇지. 두 사람, 내일 한잔하러 가지 않을래? 약속 있어?"

치즈루 씨가 술잔을 드는 제스처를 취하며 그렇게 말했다.

오늘은 시간이 늦었다. 내일 일정을 묻는 건 피곤한 오늘을 피해 마시자는 배려이리라.

매력적인 제안이지만, 내일은 아오이와 오랜만에 느긋하게 식사를 하고 싶다. 거절하자.

"죄송합니다, 치즈루 씨. 저는, 다음에……."

"후후. 유야는 그렇게 말할 줄 알았어. 이이즈카는?"

치즈루 씨가 물으니, 이이즈카 씨가 어색하게 '죄송해요'라며 거절했다.

"언니랑 같이 마시러 가고 싶지만, 내일은 좀 약속이……."

"괜찮아. 일정이 있으면 어쩔 수 없지. ……응? 이이즈카, 뭐야. 왜 헤실헤실 웃고 있어. 설마 약속이라는 게……!"

"에헤헤. 남자 친구하고 밥 먹기로 했어요."

우뚝 소리를 내며 굳는 치즈루 씨.

으악! 이이즈카 씨의 행복한 오라를 정면에서 뒤집어쓰고 석화당했어……!

"오늘은 일찍 자고 내일 있을 데이트를 준비해야지. 고생하셨어요~!"

이이즈카 씨가 손을 붕붕 흔들며 역 쪽으로 향했다.

귀엽다고 해야 할지, 흐뭇하다고 해야 할지. 어쩐지 행복을 나눠 받은 기분이 든다.

……물론 그렇지 않은 사람도 있지만.

"치즈루 씨. 괜찮으세요?"

"있잖아. 요즘 이이즈카가 내게 매정해."

"어쩔 수 없죠. 사귄 지 얼마 안 됐으니까요. 지금이 가장 즐거울 때잖아요."

"머리로는 알아! 하지만 마음이 납득이 안 된단 말이야! 으아앙!"

"다 큰 어른이 길 한복판에서 떼쓰지 말아 주실래요?!"

내가 존경하는 상사가 유아로 퇴행해 버렸다. 하여간. 떼쟁이도 아니고…….

"기운 내세요, 치즈루 씨. 오늘은 드디어 야근에서 해방된 날이잖아요."

"으윽. 입사 초기의 이이즈카는 '저, 언니처럼 일할 수 있는 사람이 되고 싶어요!'라면서 그렇게 나를 따랐는데…….

그 시절의 귀여운 이이즈카는 어디로 가 버린 거야."

이미 술을 한잔한 듯한 푸념을 늘어놓고 있다. 그만큼 이이즈카 씨가 잘 따랐다는 거겠지.

"걱정하지 마세요. 이이즈카 씨의 마음은 지금도 여전할 거예요."

묘한 부분에서 풀이 죽은 상사를 달래며 집으로 돌아갔다.

◆

납품을 마친 다음 날 아침.

출근 준비를 마친 나는 여느 때와 마찬가지로 아오이와 함께 아침을 먹고 있다.

"유야 오빠! 아르바이트 말인데요, 어제로 끝났어요!"

'아르바이트비도 받았어요!'라면서 흥분해서 말하는 아오이. 나도 처음 아르바이트비를 받았을 때는 감격스러웠지.

"그동안 고생했어. 어때? 좋은 경험이 됐어?"

"네. 즐거웠는데 노동이 얼마나 힘든지도 조금은 알게 됐어요. ……오빠가 매일 일하는 게 대단해요."

"아하하. 그래도 즐거운 일도 있으니까. 힘들기만 한 건 아니야. ……그런데 나도 아오이에게 보고할 게 있어."

"보고요?"

"응. 어제부로 야근이 끝났어."

"정말요?!"

덜컹 소리를 내며 아오이가 놀라서 자리에서 일어났다.

"그럼, 오늘은……."

"응. 정시에 퇴근할 수 있어. 오랜만에 같이 저녁 먹자."

"네! 그러면 오빠가 가장 좋아하는 햄버그스테이크를 만들어야겠네요!"

기뻐하며 그렇게 말하고는 아오이가 자리에 다시 앉았다. '준비할 건 데미그라스 소스. 그리고 곁들일 건……'이라며 메뉴를 곰곰이 생각한다.

"의욕이 넘치네."

"당연하죠. 오랜만에 오빠하고 느긋하게 보낼 수 있으니까요."

"그렇지. 나도 기대돼."

"후훗. 제때 할 수 있어서 다행이에요."

"제때 해? 뭘?"

"네? 아, 그게, 그러니까."

아무렇지 않게 되물으니, 아오이가 당황하기 시작했다.

"아오이? 왜 그래?"

"아뇨, 그게…… 그, 납기를 제때 해서 다행이라고 한 거였어요."

"아아, 그런 뜻이었구나. 선배들이 많이 도와줬거든. 치즈루 씨나 다른 선배들이 도와줄 상황이 안 됐다고 생각하면 오싹해."

"그, 그랬군요. 치즈루 씨도 이이즈카 씨도 좋은 선배님들
이네요……. 후."

어째선지 안도의 한숨을 쉬는 아오이.

조금 전부터 거동이 수상한데……. 뭐, 됐나. 꼬치꼬치 물
을 정도는 아니고, 말하고 싶지 않은 게 있는 거겠지.

"아오이가 해 주는 햄버그스테이크 기대할게."

"네. 만찬을 차리고 기다릴 테니 일 열심히 하고 와요."

"아하하. 뭔가 신혼부부 대화 같아."

"시, 신혼요?! 그, 그러려던 건……."

아오이가 얼굴을 붉게 물들이고 머뭇거린다. 뭔가 하고
싶은 말이 있는지 나를 빤히 쳐다본다.

그리고 천천히 입을 열었다.

"일찍 와야 해요……. 여보."

뭣……. 새댁 모드 발동한 거야?!

아오이는 얼굴을 더 새빨개져서 울상으로 나를 보고 있
다. '부끄러우니까 무슨 말이라도 해 봐요!'라고 이마에 쓰여
있다.

이런. 뭐라고 대답하지 않으면 이 달달한 분위기가 끝나
지 않을 거야.

"……알겠어. 자기를 위해 열심히 일하고 올게."

"하웃……!"

아오이가 이상한 소리를 내며 입을 다물어 버렸다.

아니, 너도 뭐라고 말 좀 해 줘. 수치심에 죽을 것 같단 말이야.

우리는 부끄러워하면서 아침을 먹었다.

◆

컴퓨터를 끄고 휴대폰을 확인한다.

시각은 저녁 6시를 막 넘어 있었다. 업무도 마쳤고 오늘은 이만 퇴근해야겠다.

나는 자리에서 일어나 옆자리의 치즈루 씨에게 인사했다.

"고생하셨어요. 먼저 들어가 보겠습니다."

"수고했어, 유야. 조심히 가."

싱긋 웃으며 인사를 돌려준 치즈루 씨. 어젯밤에는 시무룩했는데 완전히 회복한 모양이다.

"치즈루 씨, 기분 좋아 보이시네요. 좋은 일이라도 있으셨어요?"

"표가 나? 주말에 이이즈카하고 마시기로 했거든."

"오, 잘됐네요! 오랜만에 거하게 드시겠어요!"

"그래야지. 이이즈카가 나랑 꼭 마시고 싶다잖아! 귀여운 구석이 있다니까, 녀석!"

'하여간 못 말린다니까'라는 기분이다.

치즈루 씨가 엄청나게 서운해하셨는데 다행이네…… 어쩌면 이이즈카 씨도 마음이 쓰여서 마시러 가자고 한 걸지도 모르겠어.

"오랜만에 일찍 퇴근하네. 유야도 집에서 푹 쉬도록 해."

치즈루 씨가 목소리 크기를 줄여 히죽 웃었다.

"사랑하는 아오이 양으로 잔뜩 힐링하고 와."

"무슨……. 노, 놀리지 마세요."

"놀리는 거 아니야. 네게 장 큰 보상은 아오이 양이라고 생각했을 뿐이지."

'그리고'라며 덧붙이는 치즈루 씨.

"아오이 양에게 가장 큰 보상도 너와 보내는 시간일 테니까. 각오하는 게 좋아."

그렇게 말하며 즐거운 듯 웃었다.

아오이도, 나도 같은 마음이라는 의견은 동의한다.

그런데 '각오하는 게 좋다'라는 건 무슨 뜻이지?

치즈루 씨는 사원 여행 때 지독한 복선을 회수한 전과가 있다. 불안하니까 의미심장한 발언은 삼갔으면 좋겠다.

"혹시…… 사원 여행 때처럼 저한테 뭐 하셨어요?"

"아니. 뭘 하는 건 내가 아니야. 아오이 양이지."

"그 'not A but B' 구문, 여행 중에 복선을 깔았을 때와 같은 말투거든요?!"

그때 치즈루 씨는 '나는 한 발을 위한 연출만 할 뿐이야.

한 발 먹이는 건 너야'라는 복선을 깔고 호텔에서 훌륭하게 회수했다.

설마 그때의 악몽을 재현하려는 건가……!

"수고, 유야."

"아, 네……. 먼저 실례하겠습니다."

나는 복선의 마술사(치즈루 씨)에 의해 꽂힌 플래그에 두려워하며 퇴근했다.

아아……. 그냥 나를 놀린 거였기를!

◆

흔들리는 전철에 몸을 싣고 집으로 향하는 동안 나는 아오이와 메시지를 주고받았다.

수업이 끝난 아오이는 루미와 역 건물로 쇼핑하러 갔던 모양이다. 아르바이트비가 들어왔다고 했으니까 열심히 일한 자신에게 주는 상이라도 산 것이리라.

아오이는 이미 집에 돌아와 지금은 저녁을 차리며 내가 오기를 기다리고 있다고 한다.

맛있는 요리를 먹으며 아오이와 식탁에 앉아 최고로 행복한 시간을……. 치즈루 씨의 말처럼 더할 나위 없는 보상이다.

잠시 후, 집에서 가까운 역에 도착했다. 전철에서 내려 인파의 흐름에 몸을 맡기고 역 개찰구로 향한다.

개찰구를 통과해 역을 막 나오니, 아오이에게서 전화가 왔다.

"여보세요."

「아, 오빠. 고생했어요. 지금 어디예요?」

"막 역에서 나왔어. 딴 길로 안 새고 곧장 집으로 갈게."

「정말요? 늦지 않아서 다행이네요……. 역 어디쯤이에요?」

"어? 편의점 근처인데……."

「편의점……. 아, 찾았어요.」

그러고는 전화를 뚝 끊었다.

찾았다니, 설마…….

"오빠!"

목소리가 들리는 쪽으로 얼굴을 돌린다.

교복 차림의 아오이가 손을 흔들면서 내 쪽으로 달려왔다. 내 앞에 멈춰 서서 하얀 숨을 후 내쉰다.

"어서 와요."

"아오이. 저녁 차리고 있던 거 아니었어?"

"서둘러서 만들고 왔어요. 걱정하지 마요."

"저기……. 혹시 나를 마중 나온 거야?"

"네. 조금이라도 오래 오빠와 함께 있고 싶어서요."

역에서 집까지는 그리 멀지 않다. 걸어서 10분 정도다. 그 짧은 시간조차 못 기다리고 만나러 나와 준 건가.

"오늘 밤에는 오빠를 독차지해 버릴 거예요."

"뭐……!"

"후후. 도망치면 안 돼요?"

그렇게 말하고는 아오이가 내 손을 잡았다.

아오이는 살짝 순진한 면이 있다. 방금 한 발언도 '오랜만에 일찍 집에 왔으니까 그간 못 한 얘기를 마음껏 해요' 정도의 의미다.

하지만 '오늘 밤에는 독차지하겠다'라는 말을 들으면, 농담이더라도 설레고 만다.

"……전혀 자각이 없단 말이지."

"네? 뭐라고 했어요?"

"네가 귀엽다고 했어."

"아, 또 어물쩍 넘기네요? 치사해요. 뭐라고 한 거예요?"

"거짓말 아니야. 그보다 얼른 집으로 가자. 아오이가 만든 저녁이 기대돼서 급하게 퇴근해서 왔으니까."

"후후. 오빠도 참, 애처럼……. 또 얼렁뚱땅 넘어가려 해도 소용없어요. 오빠가 뜬금없이 '귀엽다'라고 할 때는 대체로 얼버무리려는 때니까요. 저, 다 안다고요."

볼을 빵빵하게 부풀리고 올려다보며 째리는 아오이. 그 표정이 웃겨서 절로 웃음이 나오고 만다.

"오빠. 제 말 듣고 있어요?"

"아하하. 미안. 나도 모르게."

"익. 이건 꼭 짚고 넘어가야겠어요. 집에 가는 내내 설교 들을 각오해요!"

"뭐?! 사, 살살해 줘……."

아오이에게 잔소리를 들으며 집으로 향한다.

옆을 보니, 다정한 말투로 하나하나 꼬치꼬치 주의를 주는 아오이가 있다.

……드디어 원래 생활로 돌아왔네.

연하의 약혼자에게 혼나면서 사랑스러운 일상을 실감하는 나였다.

◆

"진수성찬이네……!"

식탁에 놓인 저녁을 보고 가장 먼저 나온 말은 그거였다.

햄버그스테이크는 두툼하고 소스에는 윤기가 있다. 곁들여 차린 토마토소스 스파게티는 소용돌이처럼 둘둘 말려서 아주 먹음직스러워 보인다. 새우튀김은 튀김옷이 바삭바삭해 보인다. 거기다 크기도 꽤 크다. 샐러드에는 당근, 양상추, 파프리카, 적양배추 등이 들어가 다채롭다.

"감자튀김에 비엔나소시지까지 있네……."

성인의 혀를 자극하는 꿈의 어린이 세트 레벨 100 같은 메뉴이다. 정말 맛있어 보인다.

"후후. 의욕에 넘쳐서 요리했더니 좀 많이 만들어 버렸어요. 오빠. 많이 먹어요, 알았죠?"

"물론이지. 잘 먹겠습니다."

햄버그스테이크에 젓가락을 꽂으니, 육즙이 주르륵 흘러나왔다. 너무 먹음직스러워 보인 나머지 반사적으로 꿀꺽 침을 삼킨다.

햄버그스테이크를 입에 넣는다. 부드러운 식감에, 어금니로 씹으니 고기의 감칠맛이 혀를 감싼다.

"맛있다! 왠지 평소와 고기가 다른 것 같은데……?"

"오늘은 특별한 날이니까요. 실력 발휘 좀 했죠."

"특별한 날이라……."

둘이 같이 밥을 먹는 게 오랜만이기는 하지. 아오이가 기합을 넣고 요리한 것도 이해가 된다.

"아오이, 요 며칠 외롭게 해서 미안해."

"사과하지 마요. 오빠는 열심히 일한 거니까요."

아오이가 웃는 얼굴로 그렇게 말했다.

오늘은 평소보다 기분이 좋아 보인다. 거울을 보면, 분명 나도 생글생글 웃고 있겠지.

"오빠. 식기 전에 먹어요."

"그래. ……음. 새우튀김도 살이 탱글탱글해서 맛있어."

저녁을 먹으며 얘기를 많이 나눴다.

며칠 동안 직장에서 있었던 일, 학교 이야기, 아르바이트

이야기. 화제가 닳지도 않고 느긋하고 따뜻한 시간이 흘러 간다.

밥을 먹고 나서도 아오이와 함께했다. 그동안 보지 못한 시간을 되찾기라도 하듯이 우리는 실없는 얘기로 이야기꽃 을 피웠다.

둘이 소파에 앉아 얘기하는데 아오이가 갑자기 자리에서 일어났다.

"잠깐 방에 갔다 올게요."

'금방 올게요'라는 말을 남기고는 자기 방으로 들어갔다.

아오이가 들어가자 따분해져 휴대폰을 본다. 시각은 밤 9 시다. 그렇게 얘기를 많이 했는데 아직도 9시인가. 역시 칼 퇴근이 좋아.

오늘 하루, 아오이는 내내 웃는 얼굴이다. 요리도 대단했 고 나와 함께 저녁을 먹는 것을 굉장히 기대하고 있었다는 게 진심으로 느껴졌다.

……아오이가 안 오네. 뭐 하는 거지.

시선을 아오이 방 쪽으로 돌렸을 때, 방문이 열렸다.

"오래 기다렸죠."

아오이가 수줍어하며 내 쪽으로 가까이 온다.

아오이의 모습을 본 나는 말문이 막혔다.

아오이는 검은색 미니 메이드복을 입고 있었다. 레이스 가 달려 나풀거려 귀엽다. 위에는 하얀 앞치마를 입었다. 다리는 무릎까지 오는 양말을 신었고, 가터벨트가 허벅지에서 치마 안쪽으로 뻗어 있다.

전에 아오이가 아르바이트하면서 입었던 유니폼과는 전혀 다르다. 주인님을 유혹하는 관능이 있는 소악마 메이드 차림이다.

아오이가 내 앞에 서서 그 자리에서 한 바퀴 빙 돌았다.

"후훗. 놀랐어요?"

"······엄청나게. 그거, 나를 위해서 준비한 거야?"

"네. 양판점에서 샀어요. 아르바이트 유니폼은 사진으로 밖에 못 보여 줬으니까요······. 오빠가 메이드복을 좋아하니까 한번 제대로 입어서 보여 주고 싶었어요."

그 말에는 어폐가 있으니 하지 말아 줬으면 좋겠지만······, 아오이의 메이드복 차림에 설렌 건 사실이기에 정정할 수는 없었다.

······아오이가 입은 메이드복은 단적으로 말해서 야하다. 치마와 무릎 양말의 사이로 드러난 흰 허벅지. 게다가 덤으로 가터벨트까지. 이 조합은 남자의 이성을 어지럽히는 반칙 콤보다.

고개를 휙 든다.

아오이가 얼굴을 붉히고 우물쭈물하며 치맛자락을 눌렀다.

"오빠, 너무 다리만 보면 싫어요. 좀 부, 부끄럽단 말이에요······."

"아, 미, 미안."

당황해서 사과하지만, 이미 늦었다.

아오이가 눈을 반쯤 뜨고 빤히 나를 쳐다본다.

"오빠는 가끔 밝혀요. 떽, 할 거예요?"

"미안합니다……."

"하여간……. 후후. 그래도 다행이에요. 기뻐하는 거 같아서."

아오이가 수줍어하며 웃고는 내 옆에 앉았다.

"평상시 모습하고 달라서 좀 긴장되네……."

"후후. 깜짝 이벤트는 아직 이게 다가 아니랍니다?"

그렇게 말하고 아오이가 앞치마 주머니에서 작은 검은색 상자를 꺼냈다.

이 상자는, 뭐지?

의아해하니, 아오이가 다정한 미소를 지었다.

"유야 오빠! 생일 축하해요!"

"……어?"

생일이라니……. 아아!

그러네. 오늘이 내 생일이잖아. 최근에 허둥지둥하다 보니 까맣게 잊고 있었다.

문득 오늘 아침에 대화를 나누다 느낀 위화감이 떠오른다.

내가 오늘부로 잔업이 끝난다고 했을 때, 아오이가 '제때

할 수 있어서 다행이에요'라고 했다. 그건 '납품을 생일이 지나가기 전에 마쳐서 다행이에요'라는 의미였나.

갑자기 메이드복으로 갈아입고 나와서 놀랐는데 그것도 생일 깜짝 이벤트였던 모양이다.

아오이가 내 얼굴을 보며 키득키득 웃고 있다.

"후후. 그 표정요. '깜박했다!'라는 표정 맞죠?"

"응. 스물다섯 살이 됐는지도 몰랐네."

"정말이지. 어떻게 그걸 잊어요."

"아하하. 최근에 아오이 생각만 하느라 내 일은 뒷전이었으니까."

"무슨……. 가, 갑자기 이상한 말 하지 말아요. 바보."

아오이가 내 어깨에 콕 박치기했다. 수줍음을 얼버무리려는 게 다 보인다.

"이거, 오빠에게 주는 생일 선물이에요. 오늘, 루미하고 같이 골랐어요. 메이드복도 그때 산 거예요."

"그래서 방과 후에 루미하고 쇼핑하러 간 거구나……. 고마워."

고맙다는 인사를 하고 아오이가 내민 선물을 받아 들었다.

다시 한번 상자를 관찰한다. 영어로 브랜드 이름이 쓰여 있기만 한 단조로운 디자인의 상자다.

혹시 고가의 선물인 걸까. 내가 주는 용돈으로 허리를 졸라매야 살 수 있는 건 아닐까?

아니지, 잠깐만…….

"아오이. 설마 단기로 아르바이트한 진짜 이유가……."

"아, 그걸 물어보기예요? 오빠, 세심함이 부족하네요."

"미, 미안."

"후후. 오빠가 추측한 대로예요. 오빠 생일을 축하해 주고
싶어서 아르바이트했어요. 요리도, 선물도, 용돈 받은 게 아
니라 제가 번 돈으로 준비하고 싶었거든요."

"아오이……."

갑자기 가슴 안쪽과 눈가가 뜨거워진다.

난생처음 아르바이트에 도전해, 몰래 이런 근사한 생일
축하를 준비해 주다니……. 정말 기쁘다.

"전에 오빠한테 서프라이즈를 하겠다고 선언했잖아요. 놀
랐어요?"

"깜짝 놀랐어. 감동해서 눈물이 날 것 같아……."

"그, 그 정도로요?"

"응. 이 선물에는 아오이의 마음이 가득 담겨 있으니까.
……열어 봐도 돼?"

"네, 그럼요."

포장 리본을 풀고 상자를 연다.

안에 든 건 가죽 명함 케이스였다. 갈색의 차분한 색에 포
인트로 로고가 들어가 있다. 고급스럽고 멋스럽다. 내가 좋
아하는 디자인이다.

"지금 쓰는 명함 케이스가 오래됐잖아요. 내일부터는 이 거로 써요."

얼마 전에 아오이가 명함 케이스가 낡았다고 한 적이 있었다. 그때 선물로 명함 케이스를 줘야겠다고 생각했는지도 모른다.

"명함 케이스가 정말 세련됐다. 마음에 들어."

"정말요? 다행이에요. 별로 비싼 건 아니지만……."

"가격 말고. 아오이의 마음이 기뻐. 내 생일을 축하해 주려고 준비를 많이 해 준 게."

"오빠……."

"아아, 갑자기 의욕이 확 생겼어! 내일부터 명함을 많이 돌려야지!"

"후후. 왜 그렇게 되는데요. 부담스러워할 텐데요."

"그만큼 기쁘다는 말이지. 정말 고마워."

아오이의 머리를 부드럽게 쓰다듬는다.

머리에 손이 닿는 순간 아오이의 표정에 변화가 생겼다.

방금까지 웃고 있었는데 점점 그윽해진다. 선정적인 눈이 묘하게 색기가 있어 심장이 두근두근한다.

"……오빠."

아오이의 입에서 감미로운 목소리가 새어 나왔다.

내 허벅지에 살며시 손을 얹는 아오이. 간지러워서 몸이 움찔 떨렸다.

아오이가 그대로 몸을 기대어 밀착해 온다.

"……응석 부리고 싶어졌어?"

"안 돼요?"

올려다보며 조른다.

오늘은 특별한 날.

오랜만에 연인과 함께 보내는 밤.

그러니 얼마든지 응석 부려도 된다.

나는 아오이의 어깨에 팔을 둘렀다.

"괜찮아. 이리 와, 응석꾸러기."

"……그동안 얼마나 외로웠다고요."

"응. 나도."

"……저, 오빠가 곁에 없어서 잘 못 지냈어요."

그 귀여운 한마디에 아찔해진다. 남자를 기쁘게 하는 그런 말은 어디서 배워 온 거야.

간신히 이성을 유지하는 내게 아오이의 추가타가 기다리고 있었다.

"……오빠. 사랑해요."

아오이가 조용히 일어섰다.

그러고는 내 허벅지 위로 올라와 털썩 앉는다.

"어……?"

아오이의 예상치 못한 대담한 행동에 나도 모르게 이상한 목소리가 새어 나왔다.

메이드복 치마가 꽃잎처럼 퍼졌다. 아오이의 허벅지와 엉덩이의 감촉이 유난히 생생한 건 치마 너머가 아니었기 때문이다.

아오이가 허리에 팔을 둘러 껴안아 온 때, 제정신으로 돌아온다.

"아오이. 너무 달라붙었어. 응석 부리는 건 좋은데 조금만 떨어질래?"

"싫어요. 조금 전에 괜찮다고 했잖아."

꼬옥, 몸을 밀착하는 아오이. 가슴이 닿고 자시고 그런 수준이 아니다. 전신이 아오이의 부드러운 몸에 감싸였다.

"오늘만 허락해 줘요. 정말로…… 눈물 날 정도로 외로웠어요."

아오이의 입술에서 본심이 술술 흘러넘친다.

아오이는 야근에 쫓기는 나를 응원해 주었다. 푸념도, 불평도 하지 않고 참고 억누르며 방긋방긋 웃었다.

……이 자세는 좀 그렇지만, 부탁은 들어줘야 하리라.

나는 다시 아오이의 머리를 쓰다듬었다.

"미안해요, 오빠. 저, 지금 떼쓰는 거예요."

"떼쓰는 거 아니야. 이제껏 나를 뒤받쳐 줬잖아. 나는 진심으로 고마워하고 있어. 응석 약간 부리는 정도는 당연한 권리야."

"오빠……. 고마워요."

'근데요'라고 덧붙이는 아오이.

"'약간의 응석'으로는 부족할지도 몰라요."

"어?"

"오늘은⋯⋯. 잔뜩 응석 부릴래."

아오이가 나를 껴안는 팔에 힘을 주었다.

"얼굴 볼 시간이 적어지면서 다시금 깨달았어요. 저, 오빠를 사랑요. 감당이 안 될 정도로 좋아요."

"윽, 쑥스러우니까 이제 그만⋯⋯."

"싫어. 응석 부리기로 작정했단 말이야."

평소에는 존댓말을 쓰면서 오늘은 말끝마다 반말이다. 초응석꾸러기 모드인 아오이는 말도 안 되게 사랑스럽고, 그리고 벅차다.

"수업 중에도. 혼자 요리할 때도. 씻을 때도. 아르바이트 하다 쉴 때도. 내내 오빠 생각만 했어요. 저, 오빠가 너무 좋아서 이상해져 버렸어요. 어떻게 책임질 거예요?"

아오이의 고백은 '바보'라는 익숙한 단어로 끝맺었다.

설탕 과자처럼 달콤한 말. 부드럽기 이를 데 없는 가슴과 허벅지의 감촉. 따끈한 아오이의 체온. 콧속을 간지럽히는 여자아이의 향기. 아오이의 대담한 응석 공격에 나는 쩔쩔 맸다.

그리고 치즈루 씨가 쳤던 '아오이가 한다'는 복선의 의미를 드디어 이해했다. 그건 아오이가 평소보다 더 응석을 부릴 테니 각오하라는 뜻이었나……. 내가 어떻게 알아. 이런 상황이 되리라는 걸 예측한 치즈루 씨는 대체 뭐 하는 사람이야.

"유야 오빠. 왜 그래요?"

아오이가 고개를 들어 촉촉한 눈망울로 나를 본다.

"아, 아니야. 잠깐 딴생각 좀 했어."

"안 돼요. 더 진지하게 제 응석을 받아줘야 해요."

"지, 진지하게? 대체 어떻게……."

"한눈팔지 마요. 내 눈 보고 얘기해."

아오이가 내 얼굴을 물끄러미 쳐다본다. 그윽한 아오이의 표정은 마치 연인의 애정을 갈구하는 듯한 성인의 색기가 느껴진다.

아오이는 아직 고등학생이다.

아무리 응석 부려도 성인다운 관계가 될 수는 없다.

이성아, 아오이를 사랑한다면 버텨라……!

"오빠. 저, 엄청나게 두근두근해요. 이렇게 대담한 짓을 하다니……. 나쁜 아이가 되어 버렸어요."

"무. 무슨 소리야. ……저기, 있잖아. 얼굴이 좀 가깝지 않아?"

"더 가까워도 돼요."

"아니, 그건 좀……."

"후훗. 오빠가 오늘은 어쩔 줄을 모르네요."

"윽. 지금 나, 놀리는 거지?"

"아뇨. 응석 부리는 것뿐이에요. 오늘은 응석꾸러기가 되기로 마음먹었으니까."

그렇게 말하고는 헤실헤실 행복해 보이는 미소를 지었다.

"유야 오빠. 정말 많이 좋아해요."

"응……. 나도 정말 많이 좋아해."

살며시 부드럽게 안아 준다.

아오이의 작은 입술에서 '읏' 하고 요염한 숨결이 새어 나왔다.

응석 부려도 된다고 큰소리쳐 놓고 내뺄 수는 없다. 나는 아오이의 머리를 어루만지며 어리광 공격을 받아 낼 수밖에 없었다.

"……이러는 거, 너무 애 같아요?"

"음……. 오늘은 좀 애 같아도 되지 않아? 특별한 날이잖아. 응석 부리기로 작정했다면서?"

"맞아요……. 그러니까 이런 짓도 해도 돼요."

"이런 짓이라니……. 자, 잠깐만, 아오이?!"

아오이가 내 볼에 볼을 비볐다.

말랑말랑한 뺨의 부드러운 촉감. 귀에 걸리는 열기를 띤 숨결……. 나는 녹아웃 직전까지 몰렸다.

"왠지 가슴이 답답해요……. 오빠 탓이에요."

"내, 내 탓이라고?"

"네. 저, 너무 두근거려서……. 나쁜 생각만 하고 있어요."

"……예를 들면, 어떤 거?"

물어보지 말지, 무의식적으로 욕망에 져서 그렇게 묻고 말았다.

아오이가 고혹적인 미소를 띠며 수줍은 듯 입술을 떨었다.

"……오빠가 기분 좋아지는, 아주 나쁜 짓이요."

또 자각이 없는 거냐.

아니면 노리고 하는 말이냐.

잘은 모르겠지만, 아오이의 말고 목소리는 묘하게 야했다.

이제 더는……. 큭! 지지 마라, 내 이성아!

괴로움에 몸부림치면서 아오이의 응석을 잔뜩 받아 주었다.

◆

다음 날 아침.

나는 내 방에서 정장으로 갈아입으며 어제 있었던 일을 떠올렸다.

그 뒤, 아오이는 나를 얼마나 좋아하는지 끝없이 이야기 했다.

'오빠의 굉장한 점은, 서투를 저의 마음을 헤아려 주는 거예요'라느니, '어른스럽고 상냥하고 멋있어요'라느니, 그 밖에도 있지만 떠올리면 쑥스러워서 죽을 것 같으니 관두자.

……아무래도 아오이가 말한 '나쁜 짓'이란 '나를 칭찬해서 부끄럽게 하기와 놀리기 파상 공격'이었던 모양이다. 아오이 말대로 칭찬받아서 기분은 좋았지만, 나쁜 짓의 규모가 초등학생 수준이다.

나는 또 아오이가 어른의 계단을 오르려는 줄 알고 단호하게 말릴 결의까지 했는데……. 헷갈리게 하는 발언은 하지 말아 줬으면.

만약 정말로 아오이가 그러려고 한다면 딱 잘라 거부하고 제대로 이야기를 나누어야 한다. 그렇게 마음에 새겼다.

"하여간. 그렇게 응석 부릴 줄은 꿈에도 몰랐어……."

거울 앞에서 볼을 만진다. 볼을 비볐던 감촉이 아직 남아서 어쩐지 쑥스럽다.

옷을 갈아입고 방에서 나오니, 교복에 앞치마를 두른 아오이와 눈이 마주쳤다.

"조, 좋은 아침이에요……."

아오이가 새빨간 얼굴로 머뭇머뭇하고 있다.

"좋은 아침. 왜 그래?"

"저기, 어제는 흉한 꼴을 보여서 미안했어요. 제가 생각하기에도 응석이 심했더라고요. 부끄러운 말도 많이 해 버리고……."

두 손으로 얼굴을 감싸고 '우으' 하고 신음하는 아오이. 나와 마찬가지로 어제 있었던 일을 떠올리고 있었나 보다.

아오이의 반응이 귀여워서 나도 모르게 웃음이 난다.

"마음 쓰지 마. 나는 부끄러워하는 아오이를 많이 볼 수 있어서 행복했으니까."

"아이참! 또 금방 놀리죠!"

아오이가 내 가슴을 도닥도닥 때렸다.

이 또한 사랑스러운 일상으로 돌아왔기에 볼 수 있는 모습이다.

오늘도 잔업은 없다. 아오이와 식탁에 둘러앉아 저녁을 먹을 수 있다.

남들이 보기에는 소소한 행복일지도 모르지만.

내게는 가장 큰 행복이다.

"아하하. 오늘은 날이 좋은걸."

"왜 웃어요! 오빠는 오늘 아침 없어요!"

"어째서?!"

"못됐으니까요!"

"미, 미안해. 미안, 한 번만 봐줘."

"흥이네요."

고개를 팩 돌리는 아오이. 어제는 그토록 어리광을 부렸으면서 오늘은 새침하다.

어떻게 기분을 풀어 줘야 하나 고민하는데 아오이가 갑자기 웃었다.

"정말이지. 요즘 오빠가 노력하는 모습을 보고 다시금 존경하게 됐다니까요?"

"응? 무슨 소리야?"

"일 말이에요. 곤란한 사람에게 손을 내밀거나 동료의 의지가 되기도 하고……. 저도 유야 오빠 같은 어른이 되고 싶다고 생각했어요."

거기까지 말하고는 갑자기 뚱해진다.

"오빠를 동경하는데……, 집에서는 못되게 구는 거 감점이에요."

"미안. 아오이의 반응이 귀여워서 나도 모르게 놀리게 돼."

"뭐, 뭐예요, 그게……. 좋아하는 애한테 장난치는 초등학생도 아니고."

아오이가 '바보'라고 하면서 나를 흘겨본다.

조심하자고 생각은 하지만, 수줍어하는 아오이의 얼굴을 좋아해서 자제하는 게 힘들단 말이지.

그나저나…… 동경한다라.

내 목표는 어디까지나 치즈루 씨다. 아오이 말대로 조금은 의지할 수 있는 존재가 된 건 맞지만, 이상은 아득히 멀다. 미숙한 내가 누군가에게 동경의 대상이 된다는 건 생각도 못 했다.

그래서 아오이가 그런 식으로 생각해 준 게 기뻤다.

문득 아오이와 진로에 관해 이야기했을 때가 떠오른다.

장래 희망을 찾지 못해 어떤 학부를 지원할지 고민하는

모양이던데…… 아주 조금 길이 열렸는지도 모른다.

"있잖아, 아오이. 누군가를 위해 노력하거나 다른 사람들에게 신뢰받는 사람이 되고 싶어?"

"네. 그런 어른이 멋지다고 생각해요."

"그러면 '믿음직한 어른이 된다'라는 꿈이 생긴 거네."

남들이 의지할 수 있는 직장인은 세상에 널렸다. 직업도 가지각색이다. '이루고 싶은 꿈'이라고 부르기에는 너무 막연하다.

하지만 진로로 고민하는 아오이에게는 가치가 있는 꿈이다.

강한 선망은 구체적인 장래의 길을 밝히는 한 줄기 빛이 될 것이다.

"꿈……. 후후. 그럴지도 모르겠네요."

그렇게 말하며 아오이가 미소 지었다.

아오이의 부드러운 미소를 넋을 잃고 있는데 식탁에 있던 아오이의 휴대폰이 진동했다.

"이렇게 아침 일찍부터 누구지……."

아오이가 내게서 멀어져 휴대폰을 들었다.

"루미네요……. 어?"

의아해하며 휴대폰을 보는 아오이. 미간을 찌푸리고 복잡해 보이는 표정을 짓고 있다.

무슨 문제라도 생긴 듯한 반응인데……. 괜찮나?

"루미가 뭐래?"

"그게……. 잘 모르겠어요. 이것 좀 봐요."

아오이가 내게 휴대폰을 보여 주었다.

휴대폰에는 루미에게서 온 메시지가 화면에 떠 있다.

「어쩌지, 아오이! 봄방학이 멸망할 위기야!」

"'봄방학이 멸망'……?"

무슨 소리지. 루미의 봄방학이 없어진다는 의미일 텐데 왜 그런 사태가 된 거지?

고민하는데 메시지가 이어서 표시되었다.

「숨겨 뒀던 작년에 본 시험 답안 용지를 엄마가 발견해 버렸어. 우리 엄마, 엄청나게 화났어! 다음 시험에서 평균점이 안 나오면 강제로 학원에 등록해서 봄 특별 강의를 매일 듣게 될 거야!」

지난번에 아오이네 학교로 수업 참관에 갔을 때, 루미의 어머니와 대화한 적이 있다. 기품이 있고 상냥해 보이는 분이었다. 그런 분이 이렇게까지 엄하게 화냈다는 건 시험 점수가 어지간히 안 좋은지도 모른다.

휴대폰이 울리며 메시지가 또 왔다.

「그래서 말인데요, 아웃치 선생님! 나한테, 공부 좀 가르쳐 줘!」

그리고 마지막에 우는 강아지 이모티콘을 붙였다.

아오이와 눈이 마주친다.

서로 하고 싶은 말이 똑같으리라. 우리는 동시에 웃었다.

"아하하. 바로 친구가 '의지'해 왔네."

"후후. 루미는 참 못 말려요. 평소에 그렇게 복습하라고 했는데 귓등으로도 안 듣는다니까요."

잔소리하며 아오이가 휴대폰으로 메시지를 친다.

"공부 모임을, 열어야겠네요."

아오이의 옆얼굴은 루미에게 믿음직한 사람이 되어 묘하게 기뻐 보여서…… 아주 살짝 자랑스러워 보였다.

전에 담당 편집자님과 이런 식의 대화를 주고받은 적이 있었습니다.

——2권 간행 결정 후, 회의에서.

우에무라: 담당자님! 2권은 이런 내용으로 가고 싶습니다!

담당자: 알겠습니다. 우에무라 씨는 알콩달콩한 남녀를 무한하게 쓸 수 있는 작가이시니까 이번에는 그런 느낌으로 가 보죠!

우에무라: 내가…… 알콩달콩한 걸 무한으로 쓸 수 있는 작가라고……?

이 말은 저의 등을 밀어 주었습니다.

이건 '작품의 콘셉트와 자신의 작가성(作家性)을 믿고 힘차게 나아가도록!'이라는 조언……. 저는 그렇게 해석하고 글을 썼습니다. 그 결과, 2권은 1권보다 달달한 러브 코미디로 완성되지 않았나 하고 자부합니다.

그런고로 여러분 안녕하세요. 「무한 알콩달콩」 우에무라 나츠키입니다. 앞으로는 이 「무한 알콩달콩」이라는 호에 정착할 수 있게끔 활동해 나가겠습니다(누가 얘 좀 말려).

자. 이번 후기는 무려 네 쪽이 할당되었습니다. 저는 이제껏 후기를 두 쪽 정도만 써 봐서 설렙니다.

그래서 남은 공간에서 본편의 볼거리를 설명하려 합니다. 약간의 스포일러가 있으니, 후기부터 읽는 독자분들은 주의해 주세요.

그럼, 본편 내용을 살짝 언급하겠습니다.

이번에는 아오이와 유야, 두 사람의 성장을 그렸습니다.

응석 부리는 게 서툰 아오이가 유야에게 응석 부릴 수 있게 된 점. 그리고 때로는 응석 부리는 걸 참고 유야를 받쳐 주게 된 점. 이 두 가지가 1권보다 성장한 부분이지 않나 싶습니다.

유야는 주로 '과거의 자신'과 비교한 성장으로 그려졌습니다. 피곤에 찌든 회사원을 졸업하고 동경의 대상인 치즈루 씨에게 한 발 가까이 다가간 점. 그리고 어렸을 적의 아오이가 좋아한 유야――'연상의 멋진 오빠'가 된 점. 그 두 가지가 2권의 주목 포인트라고 할까요.

물론 본 작품의 특징인 「달콤한 나이 차 동거 러브 코미디 요소」도 파워 업 했습니다. 두 사람의 성장, 그리고 달콤한 동거 라이프를 보내는 아오이와 유야를 히죽거리며 지켜봐 주시면 감사하겠습니다.

특히 아오이는 유야에게 빼지 않고 응석을 부리니, 속이 쓰려지는 무한 알콩달콩 파라다이스를 만끽하여 주시기 바랍니다.

그리고 또 한 가지 볼거리는 루미의 남자 친구도 등장합니다. 1권에서 남자 친구가 있다는 건 밝히긴 했으나 등장한 건 이번이 처음이네요. 권두에도 등장하니까 꼭 봐 주세요.

그 성격 좋은 귀여운 갸루의 남자 친구는 대체 어떤 남자인가…… 이것도 기대해 주세요!

치즈루 씨도 변함없이 엉뚱하지만, 일 잘하는 능력 있는 상사의 면은 건재합니다. 이이즈카 씨도 고민하는 유야를 도와줍니다. 어른 여성 팀의 활약에서도 눈을 뗄 수 없습니다.

여담인데요. 실은 저, 가장 좋아하는 캐릭터가 치즈루 씨입니다.

미인에 유머러스하고 상사로서도 멋지고. 그리고 술고래에 나이와 남친 얘기는 지뢰인 살짝 성가신 성격입니다. 플러스와 마이너스인 개성의 균형이 딱 좋아서 다양한 면모를 작가인 저에게 보여 줘서 쓰면서 즐겁습니다. 아오이처럼 근사한 사람과 만났으면 좋겠네요!

이하는 감사 인사입니다.

담당 편집자님. 항상 정확하고 적절하게 조언해 주셔서 감사합니다. 아오이가 진로로 고민하는 부분은 담당자님의 조언이 대단히 큰 도움이 되었습니다. 앞으로도 함께 좋은 작품을 만들어요!

일러스트를 그려 주신 Parum 선생님. 이번에도 매력적인 캐릭터를 그려 주셔서 감사합니다. 이 후기를 쓰고 있는 시점에서는 표지와 권두 그림을 그리신 걸 보았습니다. 아오이가 교복에 앞치마를 걸친 모습, 메이드복을 입은 모습, 욕실에서의 해프닝 등……. 다 귀엽고, 최고였습니다!

교정, 디자인 등 본 서적을 제작하는 데 도움을 주신 여러분, 정말로 감사했습니다. 이번에도 최고의 형태로 이 작품을 출판할 수 있었던 건, 여러분의 도움 덕분입니다.

마지막으로 독자 여러분께.

본 작품을 읽어 주셔서 감사합니다!

KUTABIRE SARARIMAN NA ORE,
7 NENBURI NI SAIKAISHITA BISHOJO JK TO DOSEI WO HAJIMERU 2
©Natsuki Uemura
Originally published in Japan in 2023 by HOBBY JAPAN Co., Ltd

**피곤에 찌든 회사원인 나,
7년 만에 재회한 여고생과 동거를 시작한다 2**

2024년 3월 15일 1판 1쇄 발행

저   자 | 우에무라 나츠키
일 러 스 트 | Parum
옮 긴 이 | 변성은
발 행 인 | 유재옥
담 당 편 집 | 정지원

이   사 | 조병권
출판본부장 | 박광운
편 집 1 팀 | 최서영
편 집 2 팀 | 정영길 조찬희 박치우 정지원
편 집 3 팀 | 오준영 이소의 권진영
디자인랩팀 | 김보라 박민솔
디지털사업팀 | 박상섭 김지연 윤희진
라이츠사업팀 | 김정미 맹미영 이윤서
영업마케팅팀 | 최원석 박수진 이다은
물 류 팀 | 허석용 백철기
경영지원팀 | 최정연
발 행 처 | (주)소미미디어
인쇄제작처 | 코리아피앤피
등   록 | 제2015-000008호
주   소 | 서울시 마포구 토정로 222, 403호(신수동, 한국출판콘텐츠센터)
판   매 | (주)소미미디어
전   화 | (070) 8822-2301

ISBN 979-11-384-8192-2 04830
ISBN 979-11-384-8118-2 (세트)